〔英〕珍妮特·温特森 著
邹鹏 译

给樱桃以性别
SEXING
THE CHERRY

JEANETTE
WINTERSON

新经典文化股份有限公司
www.readinglife.com
出 品

霍皮人，一个印第安部落，有着与我们同样复杂的语言，但没有表示过去、现在和未来的时态。那种界限并不存在。关于时间，这说明什么？

物质——握在你手中、构成你身体的,最为坚固、为人熟知的事物——现在却被认为大多不过是真空。真空和光点。关于世界的真实性,这说明什么?

我叫约旦。这是我看到的第一件事。

那是夜里,时间大约是十二点差一刻,天空分成了两半,一半多云,一半清澈。云朵悬浮在林子上方,与树顶之间没有一丝空隙。那半清澈的天空在河流和新犁的田地上方,将满的月亮散发出黄色的光晕,在水中折射着许许波光。对面的牧地上散布着牛群,在山坡的映衬下呈现为黑影,一动不动,沉沉睡着。仅有的一间屋子里闪着一丝光线,像是巨人城堡前护城河的灯,挺拔的树林在一侧掩映着。一匹马在院里乱跑,蹄子踢在石头上,溅起点点火星。

然后便起雾了。来自河上的雾像教堂墓地里的鬼魂般袅袅盘旋,又在瓶中精灵的神力下变得厚重。雾气先覆盖了芦苇,再是树干、树梢和树杈。树顶浮现在浓雾之上,成了鸟儿的空中岛屿。

牛群全被雾吞没了,而护城河的灯仿佛一座灯塔,忽隐忽现,像一把亮剑切割着空气。

雾向我涌来,把那半清澈的天空也覆盖了。天气严寒,我的头发湿了,也没有暖手炉。我试图找路,却只看到杵在田地中间石雕般的野兔和它们圆瞪的眼睛。于是我张开双手,在身前摸索着路,像那些梦魇的人们一样。就这样,我第一次在对面勾勒出了自己脸庞的轮廓。

每一段旅程的路线上总隐藏着另一段旅程——那些没走过的路和被遗忘的边角。这些正是我想要记录下来的旅程。并不是那些已经经历过的,而是我本可能经历的,或在其他时空中可能会经历的旅程。我可以按照日记里、地图上和日志中所记录的来向你讲述真相。我可以忠实地描述自己所见所闻的一切,向你呈现一本游记。你可以追随这本书,用手指描画那些旅程,在我去过的地方插上红旗。

对古希腊人来说,书写隐藏的生活需要用看不见的墨水。在写普通信件的时候,他们用牛奶作墨水,在行间写下了另一封信。那些信件看起来再平常不过，直到有心人在上面撒上一层煤灰。信上写些什么已无关紧要，重要的是骤然闪现、至今未被察觉的生活。

我发现我的生活是隐形书写的，它被挤压在事实之间，正脱离我飞舞着，就像十二个跳舞公主①，她们在每个夜晚飞出窗口，然后在每个清晨衣被撕破、鞋被磨烂地回家，全然不记得发生过什么。

我像个猜疑的父亲，决意自我监视，企图抓住那个正穿过刚刚显现在墙上的暗门、即将消失的自己。我知道自己放荡，并非安分守己之人。我让自己逃离，像影子一样行走在这个世界上。逃离自我的时间越长，我越是沉迷于"发现"这个念头。有时，我的某个同伴会在我的面前打个响指问："你在哪儿？"很长一段时间以来，我都不知道该怎么回答，但慢慢地，我开始找到另一种生活存在的证据，而它也渐渐显现在我面前。

"你们要追想被凿而出的磐石，被挖而出的岩穴。"②

---

① The Twelve Dancing Princesses，德国童话《十二个跳舞公主》的主人公，该童话讲述了一个王子找出十二个公主每晚跳舞地点的秘密的故事。
② 典出《以赛亚书》51∶1，"你们这追求公义寻求耶和华的，当听我言。你们要追想被凿而出的磐石，被挖而出的岩穴。"本书中出现的《圣经》经文，均参照中文和合本《圣经》。

母亲在河边的烂泥中找到我的那天，在一条金属挂坠上刻下了这行字，并把它系到我脖子上。那时，我被塞在一个破麻袋里，像一只即将被溺死的小猫，但我的头却紧紧抵靠着河岸。我听见狗正向我走近，水中传来一声咆哮，接着便看见一张像月亮一样圆的脸，从那张脸两侧垂下的头发在我周身起伏扫动。她把我捧起，捆在她的双乳之间，她的乳头坚挺得像两颗核桃。她把我带回了家。那里除了五十条狗和她自己，再没有别的同伴。

我曾有个名字，但我已经忘了。

他们都管我叫"狗妇"，所以我就叫"狗妇"吧。我管他叫约旦，所以他就叫约旦了。他以前没有过别的名字，后来也没有。像他那样从臭烘烘的泰晤士河里捞出来的孩子，能取个什么名字呢？一个孩子不能叫泰晤士，不，尼罗也不行,尽管他的经历同摩西那么相似①。但是我想给他取一条河流的名字,一个不受束缚的名字,就像水不被任何事物束缚。女人生育的时候,先破羊水,再把孩子泼出来,然后那孩子就自由了。我也想从我的身体里泼出个孩子来,但你得有个男人来配合。可没有男人会跟我配。

约旦还是婴儿时,他总是坐在我身上,像苍蝇栖息在粪堆子上。而我则像粪堆子养育苍蝇一样养育了他。可他一旦吃够了本儿,就离开了我。

约旦……

如果当初给他起一个死水塘的名字,也许就能让他留在我身边。但是我给了他一条河流的名字,河一涨潮,他就流走了。

约旦三岁时,我带他去见了个稀罕物,这件事我真是做错了。当时有传闻说一个叫托马斯·约翰逊的人带回了一种全英格兰都没见过的水果。这个约翰逊——尽管如今他已死了二十多年——当时是个草药贩子,但我得说他的营生肯定

---

① 圣人摩西也是从(尼罗)河里捞起来的。

不止这些。当女人们突然发现自己的身材异常臃肿又没来月事时,她们会独自提个灯笼去找约翰逊。从他那儿出来后,她们身体平坦了,脸上挂着笑容,说是用了些槲寄生、猫薄荷①那类的草药,但我觉得是他把那东西吸出来送给魔鬼了。

不过呢,既然是大白天,又有一群看热闹的人,就当是去看狗斗熊②的把戏好了。我拿上一条狗链牵着约旦,推开那些蠢货和下作货,挤到了最前排。约翰逊正在那儿准备向前来参观的人收费。

我把约旦举起来,告诉约翰逊如果他不快点儿揭开那块破布,让我们看看那稀罕物,我就会把他的脸摁到我的大奶里,使劲地摁,摁到他窒息,摁到他后悔吃过他娘的奶。

他嘴里念念有词地从脑袋后面拿出了一个彩色罐子。我在想,他不会在我面前放出个舌头分叉、睾丸像宝石的精灵吧。于是我一把抓起他,将他按到我的裙子里头。他立马又哭又咳,要知道我已经五年没有换过那条裙子了。

"那好。"我边说边把他像只黄鼠狼一样提起来,"你说

---

① 这是两种传统欧洲草药,被认为有调经和堕胎的作用。
② A dog and a bear,一种在十九世纪流行的斗熊活动。在斗熊的过程中,熊被拴起来,只有小范围的活动空间。观众主要看的是人和狗轮流激怒并击败它的过程。

的稀罕物在哪儿?"

"上帝保佑我!"他哭喊道,"尊敬的女士,您先让我回回神儿吧!"

但我才不信他那一套呢,我自己把布给掀开了。我敢发誓,他说的那东西根本就像是东方人的下体。又黄又青又长的。

"夫人,那是香蕉。"那下流坯子说。

香蕉?看在上帝的分上,香蕉是啥?

"天堂里肯定不长这玩意儿。"我说。

"长呢长呢,夫人。"他说。他的脸肿肿的,像是一只毒宽蛇。"这种水果来自百慕大群岛,那儿离天堂很近,您可永远都到不了离天堂那么近的地方!"

他把它举过头顶,围观的人群没见过那玩意儿,炸开了锅,互相推搡着问是哪个破落户穷得把命根子给卖了。

"这要不是涂了颜料,就是染了病。"我说,"世上哪有这种颜色的玩意儿。"

约翰逊扯着喉咙大叫,试图盖过人群的嘈杂声……

"它可不是哪个倒霉蛋的耙子!这是树上结的果儿!剥开皮就可以吃了!"

话音一落，台下开始呕吐声连连。良家妇女哪会把那话儿放进嘴里？男人要是吃那玩意儿，岂不是手足相残！这些年来，我们走进教堂、接受耶稣基督鲜血的洗礼，难道是为了像异教徒那样蚕食我们自己！

我拉起狗链准备把约旦带走，却只拉到一条空空的链子。人群里到处都是赤脚、破烂袜子，还有一位绅士的皮带。我蹲下身扎进去四处找他，但他不见了。我的孩子不见了。我像牲口一样大吼着，如果不是有个贱货拧着我的耳朵、扭着我往约翰逊那邪乎的桌子下面看，我会一直吼叫下去，直到末日来临。

我看见约旦呆呆地站在那儿一动不动，举着双手，盯着约翰逊头上那根香蕉。我把头贴向他的脑袋，顺着他的目光望去，我看见深蓝的水流拍打着惨白的岸，绿叶在树枝上欢唱，看见一群嘉年华般绚丽的鸟儿和一位缠着腰布的老人。

那是约旦第一次航行。

伦敦是个污浊的地方，到处都是瘟疫和腐败。我也想带着约旦去乡间生活，但我们必须住在海德公园附近，这样我才能让我的狗参加比赛和格斗。每周六到家时，我总是满身口水，咬痕累累，但口袋里有了钱。除了要个伴儿以外，我什么也不缺。

我的邻居一身污黑，又没有头发，以至于有两次被误认成一块平纹细布包裹着的腌牛肉，而她则对外宣称自己是个巫婆。没人知道她到底多少岁；这个用足球样的皮革当脑袋，用破布毯子堆成身体的东西，她能有啥年龄呢？我和其他人都不曾见过她裙子底下的脚，所以没人知道她是用什么走路的。她的那双手总是蜷缩着扭动乱晃，看上去像街头艺人带着的皱巴巴的猴子。她很少动弹，但是那双手却从来没停过，不时地挠挠头、搔搔大腿内侧，紧接着又伸出来抓点吃的，把食物捣碎塞进嘴里。我虽也不习惯用刀和勺，但当着外人的面还是知道该怎样吃东西的。我会把面包当盘子盛放少量炖菜，这样就不会滴一堆到裙子上。可看看她的下巴，不用什么巫术就可以占卜出近三个星期她都吃了些什么。我捡到约旦的时候，他被泥巴裹得严严实实的，简直可以当刺猬烤着吃。而正是这位邻居帮我将他洗干净，并确定了他的性别。当时一边是我用热水泡过的海绵软化他身上的泥巴，一边是她用手指快速麻利地刮下那些碎泥，像处理一条狩猎归来的狗。

"他会让你心碎的。"她说道，很高兴在离家这么近的地方发现了不祥之物。"他会让你爱上他,然后让你心碎。"

她停顿了一会儿,把耳朵贴到他的胸口。他的心跳声顿时填满了整个房间。

"会有很多人想要得到这颗心,但没人能拥有它。只有一个人可以,但她会把它拒之门外。"

这干瘪的丑老太婆差点在喋喋不休中把自己给噎死,我不得不使劲拍打她的后背,直到她咳出口浓痰,然后感谢我的烦劳。说实话,我本可以像拍折鱼骨一样直接拍断她的脊骨。如果我那么做了,我们的命运可能就会改变,因为命运往往系于一瞬间,随时会被改写。我本该杀了她,为我们的命运找到不同的脚本。

她缓慢地遁入夜色,我紧随其后。

那时我是隐形的。我,穿过任何一道门都须侧身的我,却能像在教堂里唱着颂歌的缥缈生灵①那样轻巧地融化在夜色中。我喜欢歌唱,但不是在教堂里,因为牧师说过,滴水嘴兽②必须一直待在室外,唱诗班中没有它的位置。于是我在自己

---

① 这里指的是天使。
② Gargoyles,又称石像鬼,是一种守门、庇护神灵的生物,是许多教堂水管喷口处的常见装饰。

身体的大山里歌唱,我的声音芦苇般悠长,毫不让人腻歪。我歌唱的时候,狗会安静地坐下,在夜里路过的人们会停下他们的窃窃私语和牢骚不满,想起另外一些时光,那些幸福时光。而我也在歌唱着另外的时光,那些幸福的时光,尽管我知道那不过是我的臆想,并非我曾亲历过的时空。但如果我能描绘出那个地方,即使它在地图上不存在,又有什么关系呢?

一天晚上,约旦带我出海。我们在日落潮涨时出发,沿泰晤士河一路航行,最后驶向大海。一路上我都在不停地往回看,那些我最熟悉的事物缩小、消逝的速度快得令人惊叹。约旦说,星星能指引人们去任何地方。河岸两侧,低矮的房屋由几根柱子撑起,略略高于水面。挖沙船在这些柱子之间的水面上来回驶过,挖沙人用棍子搅动起大量的黑色泥土,将垃圾卷送进他们的藤编篮子里。就在一星期前,一艘挖沙船找到了一个锚,据说来自罗马时代——那时我们英格兰人都还是长发及腰的野蛮人。挖沙人不知羞耻,他们可以为了任何东西投身于肮脏的泥沙之中。的确,他们中有个家伙在切尔西区住着豪宅,但即便他发达了,他和他老婆还有他家的小鬼们都还是跟滋养他们的垃圾没有区别。她是条棕黄的绳子，而他就是一大坨屎。他们的小孩像兔子粪一样把草坪填满。我是一个罪人，一个普通的穷人，但是如果我能赚够钱买一条珍珠项链，我会先把脖子洗干净再戴它。

为了这次旅行，约旦让我穿上我最好的衣服。我就照他说的戴上了一顶羽毛帽子，它安置在我头顶，如同鸟巢窝在树上。他把我安顿在一个舒服的位置上坐下，又问了我十多遍够不够暖和。我很暖和。我正看着这个世界。

天色完全暗下来的时候，约旦在船的周围点起了灯笼。他来到我的身边，说这是一年当中最短暂的夜晚，几小时后太阳就会升起，到时候，我会看到一些从未见过的景象。他没有再说别的，而我则绞尽脑汁地思考他葫芦里卖的是什么药。顺便说一句，我可以自豪地说自己比大多数人都见多识广，我甚至亲眼见过一具埃及的木乃伊。虽然没有看到木乃伊身上的绷带，但我亲眼瞧见了途径伦敦运往恩斯顿[①]的镀金棺木。那是亨利埃塔王后送给一位宠臣的礼物，他曾打造一座奇异花园，里面摆满了欧洲大陆的各种发明。

---

① Enstone，位于英国牛津郡西北部的一座小镇。

我还见过香蕉。

那么,约旦为我准备的到底是什么呢?

我们在船里等待着,浪花轻轻拍打着船身。约旦跟我讲起了他去过的那些地方的故事,以及他带回英格兰的各种植物。他已熟知法国还有意大利的种种,他还跟约翰·特拉德斯坎特去过波斯。约旦把第一颗菠萝带回英格兰后不久,特拉德斯坎特就去世了,但在那之前,他那位于兰贝斯①的房子里早已塞满了他从遥远的世界尽头搜罗回来的各种稀罕物什。特拉德斯坎特乐于称他的房子为"挪亚方舟",那里头放置了太多珍稀物件,以至于前去拜访的客人都找不到地方搁帽子。不过很多大人物都去过那儿,包括国王,我也见过国王。到底还有什么是我没见过的呢?

"看!"约旦说。

我们已置身于海洋之中,灰色的水面上不断翻卷起白色的浪花。远处,在水天相交的地方有一条细细的线。没有鸟,没有楼房,没有人,也没有别的船只。一阵微风吹拂着我们。

然后我们看见了太阳。我们看见太阳从水面上升起,它

---

① Lambeth,伦敦南部的一个区。

的光线越来越响亮,如果不大声嚷嚷,我们根本没法听见彼此的声音。我看见太阳爬上了约旦的脸,看见灯笼最后一丝余光。迎着月亮最后的踪影,一群海鸥飞起,它们凭空出现,就像诞生自太阳。

我们一直待在原地,任凭海水摇荡,直到夜航的捕鱼船队悄无声息地出现。他们呼唤着我们,给约旦扔来两条鱼,然后看着我,又多扔了条鱼过来。

我带了一条面包,于是我俩做了早餐,把吃剩的食物丢给了一直盘旋在船边的海鸥。之后我们背朝太阳启程回家了。进入泰晤士河的时候,我曾回头看了一眼。我仍记得那熠熠闪光的水面和世界的尺度。

熠熠闪光的水面和世界的尺度。

自从在污浊的泰晤士河畔与母亲道别后,我曾一次次见识过它们,但在心中,我总是会回到同一个地方,它既不是最美的,也不是最令人称奇的地方。

为了逃避世界的重量，我时常把身体留在原地，在与人对话或就餐的原地，而自己则穿行于一条条蜿蜒的街道，来到一座背对着街的房子。

这条街上的灯光很暗，街面也很窄，不足两臂宽。路上碎石满地，鹅卵石也不平整。挤满街道的人群相互叫喊，他们的声音从攒动的人头上方升起，飘向教堂尖顶那在白日将尽时即要敲响的铜钟。他们的话语向上飘升，在城市上空形成一朵厚厚的云，而这话语之云累积多了，就必须时不时地把城市彻底清理一下。男人和女人们会带着拖把和刮刷从中心广场乘坐热气球飞上天去，与困于太阳底下的话语之云酣战。

话语抵抗着抹杀。最古老亦是最固执的那一群语云形成了一层喋喋不休、气势汹汹的厚重硬壳。有清洁工曾经还被争吵中的词语咬伤。在一起著名的案件中，一段凶狠的争吵吃掉了一位女清洁工的拖把，并严重抓伤了她的手。她试图把这段争吵的发起双方告上法庭，但被告则以"说出去的话不可归咎于发声之人"作为辩护词。很多年早已过去。这个城市至今仍没有解决掉那些悬亘于头顶上方的问题，这难道是他们的错？虽然原告的诉求被否决，但法官还是命令这城市给她买一根新拖把。她不服判决，不久人们便发现，她在被告的烟囱里塞满了尖酸咒骂的话语。

我也曾经陪过一位清洁工一同坐上了热气球。当城市的风景向下隐退时，我惊奇地听见一阵细微的蜂嗡声。嗡嗡声越来越大，大到像群鸟的喧鸣，接着又变成像小学生庆祝假期开始时震耳欲聋的嚷闹。她拿着拖把指给我看颤动着出现在我们面前的各种颜色。我们不再说话，也不再能听见对方的声音。

她将拖把对准其中一堆尤为吵闹的亮红色话语。我能听得出，这堆词语刚从一群拜访过妓院、准备回家的年轻男人嘴里跑出来。从我同伴嘴巴的一张一合中，我能看出这份工作令她生厌，但她仍在坚持干活。不久后只剩下些许隐约可闻的脏话，缕缕消散的粉色云彩。

接着，我们被一团愤怒云朵袭击，这云是从一位与自己母亲通奸而遭到逮捕的教士嘴里喷出来的。这片云包围住我们的气球，我们的性命安危令人担忧。我已看不到我的向导，但能看见她因吸入毒气而发出的剧烈咳嗽声。突然间，我被一阵甜蜜的液体淋湿，一切又恢复到了轻盈的状态。

"我用圣水征服了它们。"她说着，给我看了看印有大主教封印的石罐。

那之后我们的任务就简单多了。见到年轻女孩因爱而生的叹息被扫掉，我还有点遗憾。虽然被严厉禁止，但我的同伴还是抓了一首十四行诗放在一个木盒子里，送给我作纪念。只要稍稍将盒子开一点缝，我就能听见它永无止境地重复朗诵着自己，仿佛这是命中注定，直到有人将它放归自由。

结束这一天的工作之前，我们和其他的气球一起把剩下的那些流离失所的词语刷扫干净。夕阳下的天空像一块爬满纹路的大理石，巨大的平静包裹着我们。在从洁净的空气里下降的过程中，我们看见一团团新的词群不时从身边飞升经过。它们源自于大街上的人们，他们对生活的重荷感到不满，不断将最沉重的事物转化为最轻盈的质量。

我们降落在大学外围。在那儿，由于争论形成的厚厚迷障，那些大学教师们最近五年来既没有见过太阳，也没见过雨水。他们像欢迎英雄一样接待我们，并设宴款待。

那天晚上，在教堂铅顶下窃窃私语的一对恋人被他们自身的激情言语杀死。他们吐露的词语无法穿透戒备森严的铅顶，于是填满了整个楼阁，挤走了所有空气。那对恋人窒息而死，而当圣器保管人打开那扇小门的时候，那些词语怀着对自由的渴望向他席卷而去，翻滚而过，化身鸽子的形态飞越城市。

当约旦还是个孩子的时候，他会叠纸船放到河里漂浮。由此他学会了风向如何改变航行，但他却从来没有学会爱如何改变人心。比他的耐心更为强烈的，只有他的希望。他夜以继日地用从破鸡笼上取下来的碎木头和任何能偷到的纸制造帆船。我时常看见他站在烂泥中，或者脸朝下趴着，鼻子几乎没入水流，而他的双手则稳扶着帆船，然后松开，让船直直驶入风中。如此往复几个小时。等时机到了，他也是这样对待他的心。他从不相信会沉船。

然后他会回家，回到我的身边，带着那支离破碎的船和挂满泪水的脸颊。我们坐在台灯下，尽一切所能修补，而第二天，一切又卷土重来，循环往复。但是当他失去自己的心时，却没人坐在他的身边。他只有自己。

在这座我已告诉你的话语之城里,有一幢我还没告诉你的、弥漫着野草莓味道的房子。植物的藤蔓在由石砖围砌的花圃中蔓延开来,紧紧攀附在无釉赤色陶罐和锈迹斑驳的铁制品上,覆盖了铺满院落的宽大石板。任何行至大门的人都会发现自己正面对着阵阵绿色的波涛,其下点缀着小小的红草莓,有些被蜘蛛网包裹着,像被遗忘的红宝石。一条小径穿过其间,通往一扇橡木门,门后是这所房子的方形大厅,那儿还有其他通向别处的门。大厅里有四套盔甲,和一根狼牙棒。

住在这所房子里的那家人恪守着一种奇怪的习俗——他们都不允许自己的脚碰到地板。打开大厅里的任何一扇门,你都会发现,门后没有地板,只有无底深渊①。房子里的家具都悬挂在天花板的支架上;餐桌由粗大的铁链支撑,每条都足有六英寸粗。在这儿进餐可真是个奇观,客人必须坐在镀

---

① The bottomless pit,在《圣经》里也指地狱。

金椅子上，被绞盘吊拉着去他的餐位。他最后一个到达，而主人们早已入座，谈笑风生，在有鳄鱼出没的深渊上方晃动着他们的双脚。每个人吃饭时都备有好几套玻璃杯和餐具，以防其中有些不慎掉落。饭后，所有剩下的食物都会被扔进深渊，然后便可以听到底下传来一阵可怕的咀嚼声。

每个人都吃饱后，男士们会继续待在桌前，女士们则按照优先级顺序沿着一条钢索来到另一个房间，在那里，她们可以吃饼干，喝兑了水的酒。

众所周知，一个房间的天花板便是另一个房间的地板，但这家人完全无视这种不断下降的必要性，他们不断上升，赞美天花板而否认地板，因此他们的房子没有尽头，他们必须在走的时候呼唤另一人结伴，借助绞车或绳索从一个房间转移到另一个房间。

现在房子空荡荡的，但它曾存在过，在晚餐席上方晃荡，被席间的交谈点亮，浸润着烤鸭的肥美。在那儿我曾注意到一个女人，她的面容是一次我没有勇气尝试的航行。

我没有与她说话，尽管我和那儿的其他所有人都进行了交谈。午夜时分，她穿上平底鞋，沿着钢索平稳地离开，身体丝毫没有晃动。她是一名舞者。

那晚我整夜都在吊床上辗转难眠。黎明时分，我在腰上系好绳索，从窗口爬了出去。那时月亮依旧隐约可见，我感觉到自己距离月亮比地面还要近。一阵冷风冻僵了我的耳朵。

接着，我看见了她。她正沿着一根细绳从窗口爬出来。在下降的过程中，她不断把这条绳子剪断，又重新打结。我竭尽目力追随她的身影，但她很快就不见了。

应该是一六四〇年左右吧，约旦快十岁的时候，他在沸腾的泰晤士河畔遇见了约翰·特拉德斯坎特。那年夏天热得出奇，家庭主妇们烤整猪时完全不用生火，只需要把猪绑起来放在院子里搁一个小时就熟了。阵阵热浪时时向我袭来，仿佛来自地狱之门。我敢肯定，到了审判日那天，那些没站到天使一边的人也会在脸和脚趾上感受到这样的灼烧，预演着即将降临到他们身上的严酷折磨。我才刚刚从屋里走到屋外，就流了足足一桶汗水。无数虱子和其他小虫子随着汗水的瀑布冲流而下，我不得不时常来到水泵下冲澡。因此我可以毫不含糊地说，我很洁净。

"清洁近乎神圣。"一位路过的清教徒说道。

"上帝看重的是心灵，而不是一个穷女人的衣着。"我反驳道，但这并没有阻止他卑微的布道，布道时，他的眼睛虔诚得像兔子似的，滴溜地转着。

的确，这个城市的骚动不仅仅是因为炎热，也因为国王似乎要开始实行教皇制度，议会一片慌乱，而克伦威尔则顶着他那肿瘤状的脑袋在其间不断搅和。

一天，约旦一大早起来就去驾驶他的船，我答应他，等我弄完狗的事情，就给他一颗苹果。我面朝阳光，眯着眼前去找他，远远便看见他坐在被虫子蛀噬殆尽的防波堤上，身边还有一位绅士。我赶紧跑了过去，心想可能是某个道貌岸然的恶棍想把他骗走。

等我走近了，约旦朝我招了招手，那绅士也站起了身向我微微鞠躬，这令我颇为高兴。他说他叫约翰·特拉德斯坎特，稍顿片刻又补充说，"国王的园丁"。

他大约三十多岁，相貌英俊，虫蛀的防波堤摇晃着，就像乌鸦摇晃鹪鹩窝那样，随时会被我的重量压塌，但他看上去丝毫未感到恐惧。他问我是否介意坐下来，我心疼他，于是走回到岸上。他蹲下来在包里摸索了一会儿,掏出了三颗桃子。一颗给我,一颗给约旦,约旦双手捧着它,就好像那是只水晶球。

"这是我种的,"特拉德斯坎特说,"你们吃的是国王的树上结成的果实。"

然后他咬了一口他的那颗桃子,果汁喷了出来,溅了他满身。我以更加淑女的方式小心翼翼地咬了口我的。约旦则无动于衷,我不得不提醒他要注意礼貌。

特拉德斯坎特告诉我,他从普特尼沿河而上来到了美人鱼港,一路上一直被一个问题困扰着。他曾看见一艘小船从他眼前掠过,动作轻盈,让他着迷,于是他忘记了忧愁,想起了自己在海上冒险的日子。在一六三七年他父亲去世前的多年间,他一直航行,去遥远的异国搜集那些世人从未见过的稀有植物。这些都被他安放在他父亲位于兰贝斯的博物馆和植物园里。父亲的死让他不得不停止在弗吉尼亚的航行,回国接任家族世袭的皇家园丁一职。虽然很喜欢这份工作,但他有时还是会觉得内心空虚。在那些日子里,他知道自己的心仍属于大海。

"一个男人要有自己的职责,"他说,"但那并不总是他们自愿选择的。"

"的确如此,"我说,"而对于一个女人来说,这魔鬼的负担是成倍的。"

特拉德斯坎特当时正站在河岸上看着小船,身体像块石头,思绪则在不断奔涌。约旦跑了过来,为他的小船加油。那时他眼里只有他的船,没有注意到特拉德斯坎特的腿,于是一眨眼的工夫他俩就撞到一起,倒在了岸边。约旦被撞得惊魂未定,心里还惦记着可能会把船给弄丢。就在这时,特拉德斯坎特把约旦拉了起来,拯救了小船,然后拿着船带着约旦坐到了堤坝上,也就是我发现他们的地方。

他向约旦演示了怎么把船舵加长,这样船就不会在深水里航行时倾翻。他给他讲各种见闻——从大海里冒出来的石头,肉眼所能见到的最远的陆地,那儿除了一种会尖叫的鸟儿之外便再没有其他生命。他说大海如此浩瀚,永远不会有人能航尽它。他还说,每一段在地图上被标定好的旅程都包含着隐藏于航线之间的另一段旅程……

我对此不屑一顾,因为世界当然是一个由血液和石头建成的可把握的存在,而且它完全是平的。我相信,如果我愿意,也能从一头走到另一头,而如果我们中有一大群人都愿意这么做，世上将不会存在未被发现的土地。那么，怎么可能会有像手风琴一样折叠起来的旅程呢？

但是约旦相信他。特拉德斯坎特离开后，约旦和我也回家了，他抱着他的船，蹦蹦跳跳地走在前面，我在后面几步远的地方尾随着。看着他瘦弱的身体和乌黑的头发，我在想，要多久之后他就会建造出大到他扛不动的船呢？到那时候，其中的一艘就会带着他永远地离开我。

我有多丑？

我的鼻子扁平，眉毛浓密。我的牙很少，仅存的几颗又黑又烂，不堪入目。我还是姑娘的时候生过水痘，留下的坑疤深得足以让虱子安家。但是我有一双能洞悉黑暗的明亮的蓝眼睛。至于我的体形，我只知道在捡到约旦之前，一个巡回马戏团曾路过齐普塞街，团里有头大象。大家都很喜欢看大象，那头晃着长鼻子的巨兽。它耍的把戏是像有教养的绅士一样，戴着眼镜坐在座位上。在它对面放有另一个座位，而猜谜游戏便是：邀请一定数量的人，尽其所能地爬上那个座位，不必整齐，看要多少人一起才能超过萨姆森——那头大象的名字——的重量。尽管奖品是一大桶啤酒，但没有人成功过。

有天晚上,我用一条丝带将头发束起,想亲自试试看能不能超过萨姆森的重量。我曾看过它一眼,对我来说它并非大得可怕。于是我找到那个正在叫喊着嘲弄人群、刺激他们跟野兽比试的人,说我要上那个座位。

"可是夫人,"那个小贼尖叫道,"我看你可比天使还轻哪。"

"你根本就不懂经文,"我说,"《圣经》中可从来没提到过天使的重量。"

他眉毛一抬,快要冲上天堂(那双眉毛可能是他身上唯一能够到那儿的部件了),接着便像奔丧一样边敲鼓边大喊大叫,招呼着人们这里有热闹看,快拢来快拢来。我很快就被人群散发出来的热气闷得透不过气,而那头大象则在被泼了一桶冷水后才算是活了过来。

"让我带你上座。"那泼皮说道,他帽子上的铃铛忽闪忽闪、丁零丁零。

我天生就气质优雅,自然该被领着走。

"我得先搜你的身,"那畜生边滚着眼珠瞟着人群边对我说,"我得确认你身上没有铅块和别的啥东西。"

"你敢碰我！"我大叫了起来，"我自己给你看。"然后我便把裙子拉过头顶。因为人热，我内里什么都没穿。

人群炸开了锅，我听见有人把我比作山峦。不管怎么样，此举让那位蠢货勋爵闭上了嘴，不再提什么搜身的废话，直接把我带到了椅子边。

我深深地吸了口气，让空气充满肺腔，然后用最大的力气把自己甩到了那座位上。只听得耳边一阵咆哮。等我再张开眼去找萨姆森的时候，它已经消失了，只有空荡荡的椅子还在摇晃，像是避暑山庄里的摇椅，眼镜则落到椅子下方。我随着人们的目光往上看，在我们上面很远很远的地方，那颗悬挂在白色天空中的黑色星星，就是萨姆森。

把一头大象推向天空是女人的职责。但我仍然不能以此解释我的体形，因为尽管一头大象看起来很大，我又怎么知道它实际有多重呢？气球看起来就很大，却轻若无物。

我知道人们害怕我。要么是因为我那些乱吠的狗，要么就是因为我长得比他们都高大。当我还是个孩子的时候，父亲曾将我放到他的膝盖上，摇着我讲故事，结果我坐断了他的两条腿。从此以后，除了用他抽狗的鞭子以外，他再也没碰过我。但我的母亲，虽然她只活了很短的一段时间，身体纤弱得不敢在刮风天出门，却能把我放到背上走好几英里路。有传言说她用了巫术，但有什么比爱更有力量？

当约旦还是婴儿时，我曾把他放在我的手心，像捧着一只小狗一样。我举着他靠近我的脸庞，让他从我脸上的疤痕里挑走虱子。

他总是那么快乐。我们在一起过得很快乐。即使他注意到我比多数人都要庞大，也从不提起。我是他的骄傲，因为没有哪个孩子的妈妈能把一打橘子同时放到嘴里。

我能有多丑呢？

有天早上，在那本该一个月就结束却拖沓了八年之久的内战爆发后不久，特拉德斯坎特来到我们家找约旦。当时我正在朝着一位邻居大喊大叫，那是个脑袋凹陷、眼睛斜视、鼻子能挂上帽子的家伙。那老鹳草①对我说，国王向自己的人民开战是错误的。我告诉他，如果不是满嘴臭气的苏格兰人又开始坑蒙拐骗，总想着跟人干一仗，我们根本就不会有战争。在过去的十一年里，我们只有国王，没有议会，而现在

---

① Cranesbill，别名"太阳花"，是牻牛儿苗科一年生或越年生草本植物，此处也可双关作 crane's bill，意为"鹤喙"，用以形容此人的容貌特征。

有了议会，却几乎没了国王。

就我所知——当然，我知道的并不多——国王被迫召集议会是为了筹集资金，好向那些穿苏格兰短裙的野兽和他们野蛮的生活方式宣战。他们真是野蛮透顶，而我们可怜的国王不过是想让他们用上一本合适的祷告书①。他们不仅不接受他的祷告书，还以最非基督徒的方式威胁他的王位。国王只能向他的子民求助，却发现议会里全是些清教徒，他们要求他答应改革才肯给他钱。他们对伟大的亨利国王留给我们的国教感到不满，想要他们所谓的"上帝的教会"。

他们说国王荒淫无度，说主教贪污受贿，说我们的《公祷书》满是天主教教条，说女王本身就是法国人，肯定也是满脑子天主教思想。噢，他们还憎恶所有美好、精致、充满生活气息的事物！他们穿着沉闷灰暗的衣服到处走动，从衣服顶端探出同样沉闷灰暗的脸庞。他们身上唯一亮眼的地方，便是他们的手帕，他们喜欢镶上蕾丝花边，让手帕保持白净，那是他们所认为的自己灵魂的颜色。我曾见过那些清教徒在

---

①这本书指的是《公祷书》（*Book of Common Prayer*）。

路过充满欢乐和愉悦的戏院时,用他们那上了浆的亚麻布捂住鼻子,生怕可能会因吸入享乐的气息而被感染。

一旦他们拥有了一点权力,没过多久,伦敦所有的剧院就被关闭了。

但难道不正是我们的救世主把水变成酒的吗?①

我们这个地区的教堂主事很快就变成了清教徒,开始在他的布道坛上公然指责国王。

"斯科罗格斯牧师,"一天早上,他做完题为"恶人的记忆将会腐烂"的布道后,我问他,"您难道不知道国王的王位是神赐的吗?"

他用那双斜视眼中稍好的那一只盯着我,双手紧握在一起。

"向天主祈盼吧,女士。没有尘世的权力,只有撒旦。"

我听他妻子说,他是通过被单上的洞和她做爱的。

"他难道不吻你吗?"我说。

"他从来没有吻过我,"她答道,"他害怕情欲。"

如果亲吻她这个像兔子一样大耳朵、圆瞪眼的女人就能

---

① 《新约》里多处提到耶稣把水变酒一事。比如《约翰福音》便有关于此神迹的记载。

让情欲一发不可收拾,那么它一定是种强大的力量。

俗话说得好,越是你害怕的东西就越会跟着你。

我的一位邻居十分倾慕斯科罗格斯牧师,大半是因为臭味相投。某天,他极其自以为是地与我大谈上帝的意志,好像他懂上帝就像我懂我的狗一样。跟他讲理是不可能的,因此我不得不把他给吼下去。特拉德斯坎特便是在这时找到了我。

"夫人,夫人,冷静。"他用他特有的温和对我说。

我转过身,虽然已经有两年没见,但我还是一眼就认出了他。

"特拉德斯坎特先生,"我说,"我这是在为国王辩护!"

"一项高尚的事业。"他说。

对此,我邻居宣称,在给耶稣下跪之前他决不会为国王下跪。他说,圣人们的法则如今随时就会生效,所有的罪人都将被处以火刑,以彰其咎。

除了勒住他,我别无选择。尽管我只用了一只手将他举到离地面一只胳膊的距离,他的脸却马上变得青紫,而好心的约翰·特拉德斯坎特则像只小猴子一样摇着我的胳膊,祈求我放过那人。

"看在先生您的面子上,我就放过他。"我说着,将这个丑东西丢回到他自己的粪堆里。

我立刻把他抛在脑后,带特拉德斯坎特进屋,请他喝壶麦芽酒。他面色苍白,必定是因为舟车劳顿。

"我来是想跟您谈谈约旦的事。"他说。

他似乎想找一位年轻的园丁助理帮他在温布尔登为亨利埃塔王后建造一座宏伟的花园。他不想让时下的风波搅扰他的工作。在他想来,等到王后结束欧陆之行,带着避难的孩子们归来,为国王带回胜利的消息之时,这座花园将会成为纪念她勇气的丰碑。

但我怎么能失去约旦呢?他和我这么亲近,他是我唯一的慰藉。

特拉德斯坎特用尽一切办法对我软磨硬泡。我一直拒绝,说我不想让我的孩子每天跑那么远。但我又希望约旦得到这份工作,因为我知道,看见如此奇异的事物聚集生长在同一个地方,他会有多高兴。最后,我提出了一个解决方案。

"我陪他去。"我说。

特拉德斯坎特看上去有些惊讶,于是我继续说了下去。

"我早就想在温布尔登住上一段时间透透气了。"

"那儿没您住的地方，"他说，"约旦必须和其他男工们合住。"

我在建筑方面颇有些天赋，现在住的棚屋就是我自建的。我向特拉德斯坎特保证，我可以再建一个棚屋。

他摊开双手，叹了口气，我明白他已经拿我没办法了。

"还有我的赛狗，我必须带上它们。"

他问我有多少条，我对他说现在只剩下几条了，让他安心。

"你们什么时候过来呢？"

"我们明天就启程。温布尔登在哪个方位？"

他说马车夫肯定知道。我看他急着要走，便没有继续追问，心想我可以去问荆冕堂客栈的老板。

三天后，一个蠢货跑到特拉德斯坎特先生跟前唾沫横飞、结结巴巴地喊道，花园被一个邪灵和她带来的地狱恶犬入侵了。特拉德斯坎特匆忙跑到大门前，当他看到不过是我牵着约旦过来时，他一定松了口气。

"您的狗……"他说，我看见他的喉结上下滚动。

"噢，"我答道，"三十条而已，只有五条在繁殖期。"

他是一位绅士,即使被吓了一跳,也很快就恢复了平静。他提议为我们付车钱,并帮忙取行李。

"没有马车,"我告诉他,"我们的行李都在这儿。"

我举起一个红布包裹,它像是一个巨大的圣诞布丁。约旦的腋下则夹着他的船。

"但你们是怎么……"

"我们走来的,"我说,"约旦累了我就背着他走。"

特拉德斯坎特什么都没再说,只是试图帮我拿包裹,不料却马上被它压倒在地。我以母亲的方式非常温柔地用手臂环住他,把包裹放在他身上,然后领着我的三十条狗和约旦,走进了这座大宅的大门,从此开启作为国王仆役的新生活。

我在吊床上断断续续睡了两个小时,然后吊着绞索下去吃早餐,感觉像是晕船一样。

房子的主人们那天上午要去练习射箭,因此我借故离开,去城市里寻找舞者。房子里的人都对她没有印象。但这怎么可能呢,她美艳犹如火舌,可以吞噬周围所有人①。我不明白。

我先是去了剧场,然后去了歌剧院。伴随着渐渐加深的恐慌,我的所寻之处越来越声名狼藉:咖啡馆、赌场、春楼,直至最后到了一位有钱人为他的好朋友开办的妓院里。那里的女人充满善意,但还是催促我换过女装再回来,那样才能准许我入内。若是以男人的身份出现,不管有多纯洁,我都会被赶走,甚至会被阉掉。

我照着她们的建议,穿着专门为此租借的简单服饰回到她们那儿。她们夸赞我的衣着,边爱抚我的脸颊边夸它光滑,让我有些脸红。

我们喝了点淡葡萄酒。管理员经过时,他问她们是谁来了这么开心,其中一位站了起来,告诉他我是她的远房表妹。

她们对那位舞者一无所知,她不是她们的同伴,但她们答应会帮我问问朋友。

她们怎能忍受如此困缚?

她们的住处很舒适,有各种各样的沙发和床,还有各式游戏可供消遣。但她们被禁止外出。

---

① 此处化用《使徒行传》2:1-2:4。

空间如此逼仄，她们怎么生活？

一阵沉默，好像她们在进行无声的交谈。然后，其中一位告诉我，其实她们的生活没有表面上看起来那么受限制。入夜后，她们也可以随意出入。

这怎么可能？那座房子可是围了铁栏杆的。每扇门都上了十三道锁。窗户高得根本够不着，而天窗虽然总是敞开着，却小得让人难以通过。

房子之下是一条小溪。小溪通往河流，河流则通向大海，途中会经过一群与她们截然不同的女人的居住地。修女。这个修道院——圣母修道院——的地下室入口正位于小溪上方。每天晚上，任何一位想去城里找乐子、拜访朋友或与情人共进晚餐的女人，都会跳入激流之中，顺流而下，被送往修道院。修女们已经习惯彻夜监视着水流，每一个快速漂过修道院地下室的女人都会被值班的修女用一张巨大的捕虾网迅速捞起。

有些女人的情人就在修道院里，还有一些女人总会留一套换洗衣服在那边，从那儿启程去外面的世界。到了黎明时分，这些女人又跳入水中，奋力逆流而上，游回她们幽闭的城堡。

她们的主人是个愚蠢的近视眼，从未发现自己手下的女人一直在换。城里人人都心知肚明，任何想要快速敛财的女人都会去那房子里工作，夺走顾客的财物，偷走那些不易被发现的墙上饰品。而对于那位自私的男主人来说，生命不过是另一件商品。但他不知道的是，自己其实已经资助了数千女人通向光明的未来，她们现已遍布世界各地，或者开店，或者经商。同时，修道院出名的上等葡萄酒和大量祭坛装饰品也是由他独家赞助的。

几年后，我听说，有一天当他走进自己的逍遥房时，发现那里面空空荡荡，既没有女人也没有财宝。他从未弄明白发生了什么，也没有把圣母修道院骤增的修女人数与此事联系起来。

我遇见过不少急着要摆脱性别束缚的人们，男的扮成女人，女的扮成男人。

有了妓院的经历后，我决定短时间内继续扮成女人，然后在卖鱼的小摊上找到了一份工作。

我发现女人们私下里有一种自己的语言。这种语言并不依赖男人的那一套，而是由符号和表情组成，它将普通的词汇作为暗号，表示其他的含义。

身着衬裙的我，成了身处异国的游客。我不会说她们的语言。迎接我的是怀疑的目光。

我看到女人跟男人调情，取悦男人，和男人做生意，然后我看到她们笑作一团，把这当笑话分享。而那些男人对此却一无所知，还以为自己才是掌握大局的人，跑去酒吧自吹自擂，在讲坛上宣讲女性的懦弱和愚蠢。

女人们的这种共谋让我震撼。我喜欢女人，她们让我觉得很害羞，却又十分欣赏她们。我从未想过她们有多恨我们或者有多么可怜我们。她们觉得我们是零花钱太多的孩子。卖鱼的女摊主曾经警告过我，千万别想欺骗女顾客，但要想着让男人付双倍价钱，或者给他们不怎么新鲜的海产。

"他们的嗅觉很迟钝，"她说，"他们区分不了哪些龙虾是已经放了一天的，哪些是新鲜的。"

她还让我记住，女人如果受了骗，即使事情过去多年，也永远不会忘记，总有一天会让你付出代价。而男人则会暴怒地吼叫，给你一个耳光，接着就会被别的事物吸引走注意力。

她生怕我什么都不懂，总想着要教我一些关于男人的事情，便给我写了一本法则书，第一页摘录如下：

1. 男人很容易取悦，但很难长期满足，必须得有些新奇的事物让他们开心。

2. 让男人激情勃发很容易，但让他们保持激情很难。

3. 男人永远都在寻找温柔的女人，但没了强壮的女人，他们的生活就会破败不堪。

4. 男人得每时每刻都有正经事做，不然他们就会到处惹事。

5. 男人把自己看得很重，把女人看得很轻。因此，当他们变成大麻烦时，在他们的脖子上绑块石头就可以轻而易举地把他们淹死。

6. 男人最好生活在男人堆里，这样他们便会在大醉和好斗中耗尽精力。而女人此时正好可以继续她们的自在生活。

7. 永远永远不要相信男人，不要告诉他你心底最珍贵的是什么。如果他们刚好是你最珍视的，不要告诉他们。

8. 如果有男人问你要钱，不要给他。

9. 如果你问一个男人要钱而他不给你，把他最值钱的财产卖掉，然后立刻离开他。

10. 你最大的优势便是每个男人都认为自己对天下所有女人都吃得很透。

读完第一页时，我感到很沮丧，但在观察自己的内心和身边那些人的行为后，我不得不承认这些都是真的。这让我沉重到极点，我甚至无法从坐着的地方站起来。但看看周围，我明白自己不过是一连串不幸者中的一员，他们像一群坐在倒下的大树上的乌鸦，每一个都在凄厉地哀号，没人能从自己的悲伤中走出来。

幸运的是，我的双手还能动弹。我把手伸进鱼筐，捞出了一条红色的鲻鱼，在头顶上挥舞着。

一群海鸟很快就出现了，盯着这条鱼尖叫。我的左手挥舞着另一条鱼，正如我所料，那些鸟俯冲下来，啄走了鱼。

当它们用喙咬紧我的饵时，我没有放手。那些鸟儿被进食途中的阻力激怒，奋力拍打着翅膀，成功地将我也拉了起来。我立刻放开了手，可鸟儿似乎把我想象成了一条巨鱼，将我带到空中，衔着我越过城市朝大海飞去。

远在下方，我看见海浪拍打着高耸的悬崖，帆船朝热带方向驶去，恐惧让我晕了过去，等醒来的时候，我发现自己已不在空中，而是落在了陌生城镇里一幢精美房子的窗台上。一位年轻的姑娘走到窗前，问我是不是她祈求已久的姐妹，并殷勤地邀请我与她同床。就这样，我在疑惑中度过了一个夜晚。

爱是什么？

到达温布尔登后的第二天清晨，我一醒来便沉浸于无边的哲思之中，只有约旦均匀的呼吸和那三十条狗的呼噜给我慰藉。

我太过庞大，无法得到爱。没有人，男人或女人，敢接近我。他们不敢攀登巨山。

我想到爱，是因为牧师说只有上帝才能真心爱我们，其他的都不过是情欲和自私。

教堂里的浮雕上，一个男人的那玩意儿肿得像个葫芦，他压着一个女人，女人的乳头嗖嗖地摩擦着地面，像挤奶前的母牛。她双眼紧闭，他则望向天堂，两人都没注意到草地上已着了火。

教区长特意摆设这些浮雕，是想让我们沉思自己的罪，以及将会遭到的报应。

浮雕上也有欲火焚身的女人，她们吮吸着彼此的唇，而男人们则像握着赶牛棒一样握着彼此的那玩意儿。

每个星期天，我们都会排队去做弥撒，好让自己下个星期能保持谦卑和洁净，但我时不时会在本该如上帝般平静的地方发现情欲的骚动。

对于我来说，我所了解的爱来自我的狗，它们从不在乎我的长相；也来自约旦，他说我像他被命名的那条河一样宽广泥泞，因此我们注定相依为命。至于这个罪孽深重的世界中的其他人，他们尽量躲着我走，这样对我已足够好了。

我和父亲一样，以养殖大猎狗为生，我本希望将来约旦也能做这一行。但他不会留下，他的脑袋里装满了其他大陆的故事，在那些地方，男人的脸长在胸脯上，还有些人则蔑视自然的重力，用单脚跳跃行走。

这些单脚跳的人一跃就是一英里，而且只以树皮果腹。众所周知，他们的伙伴是蛇，就是那个害我们被驱逐出天堂、至今罪孽深重的妖兽。这些妖兽异常狡诈,一旦听到耍蛇人的笛声,它们便会将 只耳朵贴紧地面,然后用尾巴紧紧堵住另一只耳朵。若我也能用一条尾巴或任何东西堵住耳朵,我能将自己从罪孽中拯救出来吗?

我是个罪人,不是指身体,而是我的心灵。我知道爱听上去是怎样的,因为它从隔壁传来过,但我不知道它的感觉。两具身体如置身泥滩中的鳗鱼,发出群狗追逐猪时的喘息声,会是什么感觉呢?

我也曾爱过一次,如果爱指的是把你带到天堂之门、只为提醒你它们永远对你紧闭的残忍。

以前曾有一个男孩经常带着一大包东西过来贩卖。小珠子和丝带挂在他的衣服里,而他的口袋里则塞满了水果刀、手帕、皮带扣和鲜艳的丝线。他有一张让我喜欢的脸。

那时,我经常提前一个小时起床梳头,要知道,通常我只在圣诞节时为了表示对救世主的尊重才会这么做。我穿上我最好的衣服,将自己装扮得像市集上的小公牛,但这些努力都没能引起他的注意,我感到我的心蜷缩起来,变得只有一颗豌豆那么大。每次他转身离开,我都会伸出我的手试图让他停留,但他的肩胛骨是那样锋利,让人无法触碰。我在床边的尘土上描摹他的样子,并为我母亲所有的小鸡都取了他的名字。

最终,我认定真爱必须是纯净之爱,于是我给自己煮了一块肥皂……

我讨厌洗澡,因为暴露皮肤会沾染污秽。我遵从的是詹姆士国王的习惯,他永远只清洗指尖,可心灵却洁净无比,足够给予我们用美妙的英语所写成的《圣经》①。

我讨厌洗澡,然而一旦获知这是爱的征兆,我便毫不惊奇地发现自己正在夜深人静之时爬向水泵,犹如食尸鬼爬向坟墓。我下定决心要清洗我所有的衣服、内衣,还有我自己。在一条过道里,我使劲摁着水泵手柄,先用右手洗左边的身体,再用左手洗右边的身体。当我浑身湿透,从身上任何部分拧下的水足以在脚边形成一片水坑时,我便去面包房门口等到它营业,然后在烤箱边一直坐到早上。白面粉落了我一身,但这正好可以让我黝黑的皮肤白皙一些。

我向我爱的人展示自己这崭新的风貌。他微笑着,露出所有的牙齿赞美我,发誓说如果他能够到我的嘴,肯定立马

---

①多称"钦定版《圣经》",由英王詹姆士一世下令翻译,于1611年出版,对其后的英文版《圣经》产生了很大影响。

会亲吻我。我抓住他的脚将他举起,对他说:"现在就吻我吧。"然后我闭上眼睛,等待那美妙的时刻。我一直紧闭双眼等了五分钟,才张开眼来看看发生了什么事情:我发现他已经昏死过去。我把他带到那个见证过我的努力的水泵下,向他使劲浇了不少水,直到他苏醒过来,像一只落入陷阱的狐狸般扭动着,祈求我放下他。

"这是什么意思?"我大喊道,"是你对我的爱让你反应如此强烈?"

"不,"他说,"是恐惧。"

几个月后,我在小镇的另一个片区看见了他,手臂上挂着一块精致的美玉,那张脸像往日一样明朗。

早上,那位叫齐拉的年轻女孩告诉我,她自出生以来就被关在这座塔里。

"这不是座塔,"我说,"它不过是一幢很高的房子。"

"不对,"她说,"你搞错了,到窗边看看吧。"我照她说的走过去，在几英尺之下的街上有个市集。穿着皮围裙的妇女正往木头货架上堆放小萝卜；一位教士正在为一箱子圣人的遗骨赐福；而一位神似圣人的男人来得很早，正在为一根肋骨的价钱争论不休。

那是一个晴朗的早晨，空气中弥漫着柠檬的味道。

我往下望的时候，一个小商贩正好转过脸来，直直地盯着我。我微笑着挥手，但他好像根本就没看见我。不过这也没什么，人们总是对陌生人感到紧张。

"你不觉得很可怕吗？"齐拉说。

那时我以为她是在逗我玩呢，于是我上前将她拉到窗前。

"过来看看那堆积如山的小萝卜。"

她沉默不语。我注意到她面色苍白，眼睛异常明亮。我凑上去想指给她看些她会感兴趣的东西，但却什么也没能说出口。她向下凝视着，我顺着她的目光往下看，再往下看：我们正身处一座陡峭高塔的顶端，一根石柱无所依傍，直直倒坍在被泛着泡沫的海浪侵蚀的碎石滩上。蜿蜒而去的海岸线上一片荒凉，没有人烟。枝叶缠绕的迷迭香丛中既没有棚屋也没有羊圈。这儿什么都没有，只有风和蓝灰色的海。

她抽身离去，来到床边坐下。我背靠着窗户，问她是什么将她困在这里。

"是我自己,"她说,"只有我自己。"

直到那时,我才意识到那个房间没门。

"有什么我可以吃的东西?"我问她。

她微笑着趴到床底,抓着尾巴拽出了两只老鼠。

她笑着向我走来,一手抓着一只老鼠。她的眼神变得迷蒙,双眼逐渐消失。我能闻到她的气息,像棉布包裹的奶酪。

我奋不顾身地翻身跳出窗户,直直地落到了萝卜堆里。

身着皮围裙的妇女揍了下我的头,但有人从她身后拉开她,抓住了我的双肩,迫切地问我是从哪儿这么突然地掉下来的。

"从那个高塔里。"我说着,向上一指。

整个集市顿时一片哑然,所有人都跪倒在地,在胸前画着十字。那个运送圣人遗骨的商人把一副殉道者的牙齿挂到脖子上,又往我身上洒了些圣安东尼的骨灰。

这是个恐怖的故事。

一位年轻的姑娘因与她的姐姐乱伦而被抓,被判为自己建造一座死亡之塔。为了延长生命,她尽己所能将塔造得越来越高,用石头砌出了一圈圈无尽的阶梯。石头都用尽后,她封死了房间。整个村子里的人都被她垂死的尖叫逼疯了，于是撤离到了一个遥远的、听不见她声音的地方。多年以后，这座塔被一个外国人推倒，在原地盖起了我先前看见的那幢房子。慢慢地，村民又都搬回来了，但不管是那个外国人，还是其他任何人，都无法住在那幢房子里。夜里，那儿的哭声太响了。

村民们对我很好，而我则一整天都在他们卖异国水果和石斑鱼的摊子上帮手。到了晚上，男人们填满烟斗，坐在海堤上，问起我从哪儿来，为何而来。

我没跟他们说我来到这儿的奇异方式，但我向他们道明了我心中的目的地。

"这世界到处都是舞者。"其中一个说着，往我的头上吐着烟圈。

"况且你只在晚上见到了她。"又有人说道。

"况且那时她正翻墙逃跑。"他妻子说，一边剔着蟹肉往罐子里扔。

村子里的哲学家告诫我，与其去寻找爱，不如忘掉爱，因为连寻找一只黑雁的踪迹都比寻找心的轨迹要简单。

这话引发了一系列关于爱的讨论，下面我将向你们转述其中的一些。

有一部分人认为,即使爱获得了许可,它也必须服从婚姻的誓言和家庭的纽带,这样爱的火焰才会温暖人心而又不灼烧生活。

另一部分人则坚信,只有激情才能让灵魂从肉体的泥屋中得到解脱,只有放任你的心像野兔一样奔跑直到日落,才能使人在入夜后安然睡去。

还有"沉重说"学派,他们压抑爱情,并以古代文学中的章节为例,声称那些为欲望——最轻浮的东西——所驱使的人,终会被他们无法承受的重量所伤。与其承受这可怕的重量,不如一开始就接受情欲必要带着枷锁走完一生。

那个在逃离她热情的追随者时变成月桂树的女人如何了呢?她的双脚深陷在泥土里,柔软的树皮渐渐爬上她的双腿,一点点地覆盖住了她的腹股沟。她想拽头发的时候,双手已长满了树叶。

俄耳甫斯[①]呢?他为了追寻激情,穿过地狱之门,却在

[①] Orpheus,阿波罗之子。在听闻妻子欧律狄克被毒蛇咬伤毒死后,他来到冥王面前,请求冥王将妻子归还给他。冥王答应了他,但提出一个条件:在领妻子走出地府之前决不可回头看她。然而,在即将离开地狱的那一刻,因听见妻子痛苦的叫声及抱怨声,俄耳甫斯回了头,于是功亏一篑。

最后一刻失败，永失所爱。

还有阿克泰翁①，他对阿尔忒弥斯的情欲让他成了一只雄鹿，而后被自己的猎狗分尸。

有很多这样的事情，也许铺展开来就是一条庄严的饰带，能沿世界的边界绕一整圈。

然后我站起身，提醒大家不要忘了珀涅罗珀②，她因为对一个男人的爱而拒绝了可轻而易举得到的黄金王国，在每天入夜时拆掉一整天编制的织物，好在天亮时两手空空。

也不要忘记萨福③，她宁可从狂风肆虐的峭壁跳下，让自己的身体变成一只鸟，也不愿她的爱人被一个男人夺走。

大家也都知道，那些被下了毒咒的人，只有爱人的亲吻才能唤醒。那些看似已经死去、归于尘土的人，也可以被温暖的人召回生命。

---

① Actaeon，年轻猎人，因无意中窥见狩猎女神阿尔忒弥斯 (Artemis) 入浴而被变化为鹿，被自己的猎狗分尸。
② Penelope，《奥德赛》中的人物，奥德修斯之妻。她等待外出征战的丈夫 20 年，最终与之重逢。她拒绝了 108 位求婚者，并以各种借口拖延与别人订婚约的时间。其中最著名的借口便是为老国王做寿衣：她连续三年每天白天缝衣服，晚上拆掉缝好的地方，以此拖延时间。
③ Sappho，古希腊著名女诗人，有说她因爱上年轻水手法翁（Phaon）而心碎跳崖。

等到夜晚降临，卡斯托耳和波吕克斯这对双子星刚刚显露在天空中，我讲起了那对兄弟的悲剧，人们可能会认为他们的爱是不正常的。当他们中的一个被杀害时，另一个是如此悲痛，以至于为了祈求给他以重生，愿意接受一个人活半年，剩下的半年归另一个人，但两人将永远不能在一起的宿命。我们同样如此，穿着铅甲行走在人世间，总能感受到我们的所爱之人，近在咫尺却又难以触及。

村民们沉默了，一个又一个地离开，每个人都若有所思。有个女人用手将我的头发向后梳了梳。我仍然坐在那里，肩膀靠着坚硬的海堤，自问那些未曾向别人提起的问题。

我是在寻找一位连名字都不知道的舞者，还是在寻找那一部分舞动着的自己？

夜。

在黑暗中，在水里，我毫无重量。我不虚荣，但爱人的面庞所能带来的慰藉也会让我喜悦。可自从那唯一一次陷入

爱河以后，我便决心再也不让自己犯傻了。我拒绝了一份妓院的工作，因为我的心太脆弱。那种日夜往复的运动难道不会让心变得软弱，让它容易陷入爱情吗？当然你懂的，不是直接地，而是间接地，因为缺乏爱情的情欲假以时日必定令人厌烦。我就这个问题询问过一个在史派特妓院工作的女孩，她告诉我，她憎恨她的钟点情人，但仍旧渴望着能有人坐着马车到来，给她喂食肉派。

这些不切实际的梦，它们从何而来？

至于约旦，他没有我的这些常识。毫无疑问，他将会追随他的梦想直到世界的尽头，然后倏然跌落。

我无法教他去爱，因为我毫无经验，但我可以教给他爱的缺失，也许能说服他在这个世界上还有比孤独更为可怕的事情。

在去温布尔登的路上，有个男人跟我搭讪，问我想不想看看他。

"先生，我已经看得够清楚的了。"我回答说。

"你没看见我的全部。"他边说边解开了裤子，展示出一个扁豆荚子一样的东西。

"摸摸它，它就能大起来。"他向我保证。我照他的话做了，它确实变大了，看起来更像根黄瓜。

"太美妙了，太美妙了，太美妙了。"他眩晕地陶醉着，尽管我看不出有什么可陶醉的。

"把它放到你嘴里，"他说，"是的，就像在吃美味那样。"

有可以开阔眼界的机会，我绝不会错过。我照他的建议做了，把它整个吞入，猛地咬了下来。

正当我这样做时，我那位急切的同伴陶醉到极点，晕死了过去。而我一方面对他的狂喜感到震惊不已，一方面对堵在嘴里的那条皮革似的东西感到恶心，便把没能吃下的部分吐出来，丢给了我的一条狗。

那位史派特妓院的妓女曾经告诉我，男人喜欢被嘴服务，但我始终觉得此举有些鲁莽，因为那个小兄弟肯定要花很长时间才能再长出来吧。不过，那始终是他们自己的身体，我这种对他们完全不了解的人，只须谦逊地按照指示去做就好了。如果再有男人让我做相同的事情，我相信我还是会做的，虽然我自己什么感觉都没有。

交媾，在这项女人能获得更多愉悦的运动中，那个小兄弟通过那条伟大的隧道，悄悄进入子宫。在那儿，经过一段时间后，它会像红花菜豆一样裂开，然后留下一个小侏儒，在那片肥沃的土地上生长。至少,那些怀孕的女人是这么告诉我的,她们对丈夫那位小兄弟很了解,就像我了解我的狗一样。

等约旦长大些,我会告诉他我所了解的人体知识,警告他小心对待他的小兄弟。但他让我担心的不是这位,而是他的心。他的心。

在温布尔登,我们有位叫作安德烈·莫莱的法国园丁,他是专程来教特拉德斯坎特如何修建法式喷泉和花坛的。

和大部分法国男人一样,比起他的铲子,他对自己那玩意儿更为上心。除了我,大宅里的所有女人几乎都被他热情地表白过。他精力无限,作为回报和表彰,我们打算建起一根高达九英尺、顶部托着银球的水柱。倾泻的激流将汇聚成一道篱笆一样的水墙,隔开鱼塘与耕地。

圆形和方形的鱼塘里灌满了极为罕有的水,它有时是咸的,有时又是静止的,里面养着各种只存在于想象中、却没人亲眼见过的珍稀鱼类。

在最大的鱼塘里游着一群飞鱼,它们跃起银光闪闪的身体,从一头跃到另一头。它们是否正梦见被风猛烈吹拂的树顶呢?

另一处奇特的水池闪耀着东方圣井的光泽,里面住着一群歌声悦耳的斑点蟾蜍。这些蟾蜍不呱呱叫，而是沉浸于牧歌曲调之中，它们编排出的颂歌比教堂里的任何一个合唱团都要美妙。连法国太阳王的宫殿①里也没有如此美妙而罕见的事物，尽管人们告诉我，他有一只用一百棵梨树换来的会跳舞的黄鼠狼。不过，我自己更偏爱那条流淌的小溪，它从种植着樱桃树的岸边流出，在饰有隐士雕像的石窟里形成一个水池。溪流很浅，底部铺满了小小的鹅卵石，两边生长着西洋菜。石头下面游着清水虾，它们以比自身更微小的生物为食。靠近源头处有一块岩石，我时常在傍晚时分躲藏其后，唱着有关爱与死的歌，等待着日头落下。当橘黄的色带横亘地平线时，翠鸟就会拍着蓝色的翅膀飞来，迅猛地扎入水中，接着像圣人般挺直而光荣地升起，嘴里塞满了小虾。

在远离家乡的海上，在一艘嘎吱作响的船里，特拉德斯

---

① 法国国王路易十四自封太阳王，太阳王的宫殿指的是凡尔赛宫。

坎特睡在我身边。有时，我会梦见一个小镇，那里的居民非常狡猾，为了逃避紧追不舍的债主，他们会在一夜之间把自己的房子推倒，在别的地方重建。因此，虽然这座城市里的房子在数目上没有变化，但位置却每天都有不同。

对于近亲来说——这座城市里的人大多都是近亲——这并没有什么问题，而且多数时候，逃逸者都会在新挑选的地点发现债主正在那儿等着他们。

因此，作为逃债手段，这毫不可取，但作为游戏，它却是让人非常愉快的消遣，而这也说明了为什么生活在那儿的男女有着超长的寿命。我们所有人都曾是游牧民，沿着不可能被探查、只有识路人才清楚的轨迹穿越沙漠和海洋。自从我们定居下来，像树木一样扎下根须、却没有能力借助风传播种子之后，我们所能找到的只有传染病和不满。

而这座城镇的居民调和了两种不可协调的欲望：留在一个地方，也同时将它永远抛在身后。

第一次去到那儿时，我与一家人交了朋友。吃过晚饭，我许诺第二天会过来拜访。他们急切地想要我这样做，所以我做了，却沮丧地发现那幢小房子已被一座古董博物馆取代。馆长同情我，为我指了路。而我在心里记下这个地方，想着将来回到博物馆，参观那具已经灭绝了的鲸鱼的骨架。我想，一座公共建筑应该不大可能像普通人家一样需要逃跑吧？

我想错了。博物馆已经搬回到坐落于码头边的原址，而在它之前的地点，腾出的空间放置了一座风车。我看着风车叶搅动空气，心想空气到底是怎样一种元素，它看上去空无一物，却又能产生如此阻力。磨坊主走到他的圆窗前，喊了句什么，我没听清楚。我抓住一片正好经过我眼前的风车叶，向上一跃来到他身边。

他问我是否知道十二位跳舞公主的故事，我说我听说过。他告诉我她们仍然住在这条街的尽头，不过她们现在肯定要老多了。我为什么不去探望拜访她们呢？

想到一位舞者可能会认识另一位舞者，而一打舞者必然会认识我要找的那位，我便提了一网鲱鱼作为见面礼，敲响了她们的大门。

十二位
跳舞公主的故事

我敲了敲门,有个声音在门后问我的姓名。

"我叫约旦。"我说,尽管我不知道在对谁说话。"下到这儿来。"

门边有一口井,边上放着一根磨损的绳和一个生锈的桶。

"你在找我吗?"

我对着从井口探出来的脑袋解释说,我来这儿是为了瞻仰十二位跳舞公主。

"那你可以从这儿开始,"那个脑袋说,"我是大姐。"

因为有幽闭恐惧症,我胆怯地在井口上方摇摆不定,然后沿着木梯往下爬。我发现自己身处一间装潢精美的圆形房间,咖啡在一只银壶里沸腾,香气四溢。

"我给你们带了些鲱鱼。"我有些尴尬地说道。

一提到"鲱鱼"这个词,一阵愉悦的声音便响了起来,一只手越过我的肩膀,拿走了整个布袋。

"请别见怪,"公主说,"她是一条美人鱼。"

那条美人鱼很漂亮,但谈不上很优雅。她已经在吞食鲱鱼,整条整条地往下咽,就像你我吃牡蛎那样。

"这就是爱的责罚。"公主叹了口气,开始跟我说起她的人生故事。

第一位公主的故事

我和我的妹妹们都睡在同一个房间里。那间房比新辟的河流还要窄,但比先知的胡子还要长。

所以你就可以确切地想象出我们住处的样子了。

我们睡在白色的床铺上,盖着白色的床单。月光透过窗户,在地板上投射出白色的阴影。

每天晚上,我们都从这个房间出发,飞到一座银白色的城市里,那里的人们不吃也不喝。他们的消遣便是跳舞。我们跳着舞,磨破了裙子和鞋子,但因为每天早上父亲来叫醒我们的时候,我们都睡得很沉,他便没法弄清楚我们曾去了哪儿,又是怎么去的。

如你所知,终于有一位聪明的王子在我们飞出窗口的时候把我们逮住了。我们曾给他掺了安眠药的酒，但他只是假装喝下。结果，我们一个个都被许配给了他和他的十一位兄弟。故事里说，我们从此幸福快乐地生活在一起。幸福是真的，但不是和我们的丈夫一起。

我向来爱好游泳。有一天，在深水中，我来到一个珊瑚洞前，见到一位美人鱼在梳头。我立刻就爱上了她。经过几个月来不被准许的幽会后——那段时间，我的丈夫一直在抱怨我身上的鱼腥味——我逃走了，开始与她在完美的腥咸极乐中自立门户。

很多年来，我都没有听到我妹妹们的消息。后来，经由某个奇怪的巧合，我发现我们都以这样那样的方式离开了拥有无上荣耀的王子们，按照各自的喜好分散在各地生活。

我们便买了这幢房子，一起住了下来。你在这儿四处走动走动，就会找到我的妹妹们。正如你所见，我住在这口井里。

第二位公主的故事

"挂在墙上的肖像画是我的先夫,"二公主说,"他看上去就像还活着似的。"

她领着我穿过她的玻璃房子,参观各种古玩珍品:臭名昭著的教皇琼安产下的死婴——直到在复活节游行时分娩之前,她一直都非常成功地扮演着"上帝之子"的角色;她还有摩西收到的那块刻有十诫的石头。虽然它字迹模糊,但很容易就能辨认出那是上帝之手所凿刻的线条。

"我喜欢搜集宗教物品。"

和任何一名妻子一样,她本来并不介意和丈夫一起生活,直到他试图阻挠她的爱好。

"他点上一堆篝火,烧毁了圣像的身体。那圣像被布层层包裹，十分古旧。我喜欢房子里有它的感觉，感觉多了点什么。"

那之后，她用布把自己的丈夫包裹起来，再用陈旧的绷带继续包裹，一圈又一圈，一直裹到了他的鼻子。她犹豫了片刻，然后继续裹了下去。

第三位公主的故事

"他行走在美的光影里。"① 她说。

"他的眼睛是棕色的沼泽,睫毛像柔柔的垂柳,他的眉毛拧在一起,在额头与脸颊之间建了条堤坝。他的脸颊瘦削,他的嘴是一座火山。他的气息如游龙,心跳仿佛来自公牛的肺腑。他脖颈上的肌腱是白色的圆柱,导向他锁骨的连接处。我仍然能描绘出他喉咙的腔洞。他的胸部是一个保险箱,他的肋骨是太阳照耀之下、透过皮肤熠熠生辉的黄铜。他的肩胛骨宛如连绵的群山,他的脊椎是一条鹅卵石路。他的腹部填满了宝石,他的阳具在黎明时分醒来。麦田仍然能让我想

---

① 此处为对英国浪漫主义诗人乔治·戈登·拜伦的诗歌《她走在美的光彩中》的化用。

起他的头发,而当我看见一只手指比手掌长的手时,我就会想到,那可能是他又来触碰我了。"

"但他从来没有碰过我。他爱的是一个男孩。在他们躺在一起的地方,我用一支箭将他俩射穿。"

"我依然认为这富有诗意。"

第四位公主的故事

我丈夫之所以跟我结婚,是因为这样一来,他与其他女人的私通会由于成了禁忌而变得更加刺激。危险就是他的春药,他不想要任何轻易或温柔的东西。他就是要引起飓风。我被警告过——我们总是被好心的人或者心怀不满的人警告——但我选择无视那些流言。我丈夫机敏又英俊。只要他爱我,他需要某种宣泄又有什么关系?我想要爱他,我决心要与他幸福地生活在一起。我之前从未幸福过。

最初,他离开几个星期我也不怎么介意。我没意识到,他的消遣之一就是把我逼疯。只有伤害了我之后,他才能在别人的床上充分地享受快感。

我很快就发现,他偏爱疯人院里的女人。他在废弃的牲口棚里跟她们扮演假结婚。她们用寿衣做婚纱,拿着一把胡萝卜当花束。紧接着,他就在饲猪槽充作的神坛上占有了她们。她们大多是处女。他喜欢在回家见到我时,身上还留有她们的处血的味道。

当身体自我憎恶到极点时,它会不会为了获得解脱而不择手段?

我没有杀他。我离开了他,任他在他那荒废王国的城垛间行走,疾病缠身。那一年冬天,有人在雪地里发现了他的尸体。

为什么他就不能将他的生活转向我,就像树虽被风阻碍,但仍然朝向太阳那样?

第五位公主的故事

你或许听说过莴苣姑娘①。

她的家人热衷于收藏袖珍娃娃,而莴苣姑娘却违抗了他们的意愿,和一位年长的女人住进了一座高塔。

自她拒绝与隔壁的王子结婚后,她的家人便被激怒了,于是开始诋毁这对璧人,称她们一人是老巫婆,另一人是不懂事的小女孩。诋毁名声还嫌不够,他们还无休止地试图闯入高塔,这让那对璧人不得不封上所有不与天空齐高的门。那女人要上来的时候就爬上莴苣姑娘的长发,而莴苣姑娘要

---

① Rapunzel,《格林童话》中一个童话故事的主人公。该故事讲述了一个头发具有魔力的女孩遇见了王子,二人历经磨难、战胜女巫后幸福地生活在一起。此处,作者对故事进行了改写。

上去的时候，则会在地板上钉住一顶假发，然后沿着从窗口甩出来的辫子爬回去。其实她俩都可以用梯子，但恋爱中的人嘛……

有一天，总喜欢偷穿母亲连衣裙的王子将自己扮成莴苣姑娘的爱人，爬上了高塔。一入塔里，他便把她绑起来，等着那邪恶的巫婆归来。她带着她们的晚餐才从窗口跳进来，王子便立马击中了她的头部，将她抛出窗外。接着，他押着莴苣姑娘顺着他带来的绳子往下爬，迫使她目睹他如何在荆棘地里刺瞎她早已满身是伤的情人。

后来，他们幸福快乐地生活在一起，当然了。

而我，身上的伤虽好了，眼睛却再也没能复原，最终，我的姐妹们找到了我，她们沿着各自的道路来到这所宅子里定居生活。

我的丈夫？

好吧，我第一次吻他的时候，他就变成了一只青蛙。

他在这儿，就在你脚边。他叫安东。

第六位公主的故事

新年那一天,穿过光影斑驳的幽深小巷时,我看见我的丈夫骑在马背上,穿着他那件粉色外套。他手拿狩猎的号角靠近唇边,站在马蹬上。猎人们骑马离去,很快,他们看上去就只有绿树丛中的冬青浆果那么大了。

我继续走着,渐渐偏离道路,穿过灌木丛和荆棘林,惊起了一群鹧鸪,然后在温驯的牛羊之间踏出了一条小径,它们陷在泥滩里的蹄子上沾着一圈珍珠似的水滴。我的靴子覆上了厚厚的泥巴。每踏出一步都比上一步更为艰难。很快,我抬起脚就像爬楼梯一样费劲,我浑身大汗,感到愤怒。我想回家,但又快不起来。我得回家将潘趣酒端进大厅,用明亮的蓝色火焰将它温热。

我艰难地爬到山顶后，让目光穿过宽阔的山谷，依然有雪零星覆在田地上，像是晾在外面待干的床单。我爱那荆棘篱笆和一夜之间落尽叶子的树，仿佛有某个孩子在顽固地搜集所有的落叶，绝不给对手留下哪怕一片。

我看到了我的房子，烟囱冒着烟，窗户染成了橘红色。

又是一年。

接着，一只雄鹿带领五只小鹿从树林里跑出来，跃过了我眼前的那片田地。雄鹿跳过围着栅栏的田地，转头带上了其他的鹿。有那么一瞬间，它定格在半空中，而就在那瞬间的飞跃中，我想起了我的过去，当我还能自由飞行的时候。那是在很久以前，在这安逸的定居和满屋子的家当之前。

它在黑暗中消隐了，我转过身背对着房子。我最后听到的声音是咔嗒咔嗒传入院子的打猎声响。

第七位公主的故事

除了她,我从来没有渴求过任何人。我想用手指沿着她下巴上的凹痕向下游走到她双乳的斜坡,穿过她腹部坦荡的平原,来到那一方我所知的潮湿地带。我想将她翻过身,任由我的掌心划过她背部的斜坡。我想开拓她臀间的秘密通道。

她躺下时,我用薄荷油按摩她的双脚,用银剪刀为她修剪指甲。我把她的头发盘成鲜活的蛇,用我的唾液为她刷亮牙齿。

我将她的双耳刺穿,在其中塞满钻石。我将颠茄液①点入她的眼眸。

---

① Belladonna,一种剧毒之物,其根的煎煮物有扩大瞳孔的作用,古代欧洲女性常用其扩瞳。

当她生病的时候，我用自己的毛巾拭去她的高温。当她哭泣的时候，我用一只明代的花瓶收集她的眼泪。

我们亲密无间，像双生子一样同起同眠。我们有四只手、四条腿，午后，我们会如此背靠背地坐在清凉的果园里阅读。

我喜欢感受她水蛇般的脊椎骨。

我们经常亲吻，我们的嘴里塞满了舌头、牙齿、口水和血——那是我咬住她的下唇时流出的。我用双手抱着她，让她抵住我的髋骨。

我们经常做爱，特别是在午后，窗帘半掩，身体贴着冰凉的石板地面。

十八年来，我们独自生活在一座大风吹袭的城堡里，除了彼此之外，没见过任何人。然后，有人找到了我们，那时一切都太迟了。

与我结婚的人是个女人，他们来是要烧死她。我对着她的头只是一击，便在他们到达大门前杀死了她。然后我逃离了那儿，来到了这儿。

我仍然留着一缕她的头发。

第八位公主的故事

我们结婚几年后,有个男人来到我家门前卖梳子。我丈夫在工作,于是我让那男人进了厨房,给了他点儿吃的。我要他给我看看他包里的东西,他打开来,正如你能想到的,有一叠鲜亮的衣物、一堆圆形肥皂,还有梳头发的梳子、整理雄山羊胡子的梳子、日常的家居用品。我买下了一两样实用的物件,然后问他另一个没打开的口袋里装了什么。

"您想要什么?"他问道。

"毒药……"

"噢,毒老鼠用的呀。"

"不,给我丈夫用的。"

他打开了另一个包,看上去对我的谋杀动机并不感到惊讶。我看向包内，里面尽是些小罐子和封好的袋子。

"你丈夫是个身形硕大的男人吗？"

"非常大。他非常非常胖。他是这个村里最胖的人。他一直都很胖。他有十一个兄弟，个个都苗条得像春天的玉米。他每天都要吃一整头牛和一整头猪。"

"你是该把他杀了，"那男人说，"晚上睡觉前把这个倒进他的牛奶里。"

晚上睡觉前，我搅拌着丈夫的牛奶桶，照那人说的把药粉倒了进去。我丈夫冲到灶边，一口吞下了那桶奶。才刚喝完，他的身体就开始不断膨胀，他胀满了房子、挤破了屋顶，几分钟后，他爆炸了。从他的肚子里跑出了一群牛和一群猪，全都裹着牛奶，在灯光下闪闪发亮。

他经常抱怨自己的消化系统不好。

我把它们赶到一起，然后便启程去找我的姐妹们。比起烹饪，我更喜欢务农。

第九位公主的故事

他叫我杰丝,因为那名字的意思是束缚住鹰的脚带。[①]

我就是他的鹰,我被挂在他的手臂上,在他的手心里吃食。

他说我的鼻子太尖太冷酷,我的眼神里潜藏着疯狂。他说如果他对我太温柔,我就会把他撕成碎片。

晚上,如果他要外出,总会将我锁在床上。那是一条长链子,长到刚够我使用夜壶,或站到窗前守望晚睡的猫头鹰。我爱听猫头鹰的声音。我爱看到它们为了觅食而突然振翅、滑行,然后下潜,发出的声音像是伤痛中的爱人。

---

① Jess,既可作人名"杰丝",也可指绕在猎鹰腿上的短皮带。

我们一起外出骑马时，他也会用那条链子。我的马和他的马一样强壮，他会从后面抽打我的马，让它冲过树林，而他则保持着半身的距离，在后面跟着，拉扯着那条链子，问我喜不喜欢这样骑马。

他规定做爱的时候我要跨坐在他身上，让他紧紧抓住我的后腰，他说他不得不让我在上位，以防我趁烛光昏暗之时把他的眼珠挖出来。

我以前根本不是那样的，但我渐渐变成了那样。

有天晚上，大概是在六月，我从他的手腕间挣脱开来，从他的身体里扯出了他的肝脏，将锁链撕咬成碎片，留他躺在床上，圆睁着双眼。

他看上去很惊讶，我不懂为什么。你的爱人将你如此描述，你就会变成如此之人。

第十位公主的故事

我的丈夫与别人有一腿的时候,他与我共进晚餐时会突然双目失神。我不在时他会自顾自地唱歌,而他照料花园也不是为了我的缘故。

他礼貌而殷勤,享受待在家里的时光,但在他想象中的那个家里,坐在他对面、被他逗乐的人不是我。他不想改变任何事物,他喜欢自己的生活。他唯一想改变的,就是我。

我宁愿他恨我、虐待我,或者干脆整理行囊走人。

但他仍旧搂着我,讲着要修建一道新墙来取代那道朽烂的篱笆,将我们的花园与他的菜地隔开。我知道他不会永远离开我们的房子,他为它付出过辛劳。

日复一日,我感觉自己正在消失。对我丈夫来说,我不再是一种真实的存在,而是他身边的一件物品,是那道需要被取代的烂篱笆。我看着镜子中的自己,不再鲜活和年轻。我陈旧而灰暗,像一件旧毛衣,你舍不得扔掉,却也不会再穿上。

他承认,他爱上了她,但他又说还爱我。

说白了就是,我什么都要。说白了就是,我还不想伤害你。说白了就是,我不知道怎么办,给我点时间。

为什么?为什么我要给你时间?你又给了我什么时间?我就是在监狱里等待处决的囚徒。

我爱上了他,我爱他。我不想用语言点燃内心的战火。

"你是如此单纯美好。"他说着,轻轻抚开我脸上的头发。

他的意思是,你的情感没有我的复杂。我的困境富有诗意。

但并不存在困境,他不再需要我,他需要的是我们的那种生活。

终于,当他出去与她鬼混了几天,疲惫而讨好地归来时,我决定不再在我的监牢里继续等待了。我走到他正在睡着的另一个房间,要求他离开。他很有耐心地要我记住,这是他的房子,他不可能会因为爱情而让自己无家可归。

"美狄亚①可以,"我说,"罗密欧与朱丽叶可以,克瑞西达②可以,《圣经》中的路得③也可以。"

他叫我闭嘴。他又不是故事里的英雄男主角。

"那凭什么我该成为女英雄?"

他没有回答,只是拉上了毯子。

我考虑过自己的选择。

我可以选择留下,不快乐,丧失尊严。

我可以选择离开,不快乐,但仍有尊严。

我可以求他再来抚摸我。

我可以带着希望生活,然后苦涩地死去。

我收拾好东西,离开了。这并不容易,那也是我的家。

我听说他已经更换了后院的篱笆。

---

① Medea,希腊神话人物,对寻找金羊毛的伊阿宋王子一见钟情,因后者移情别恋而因爱生恨,杀死自己亲生的两名稚子以泄愤,酿成悲剧。
② Cressida,希腊神话人物,她与特洛伊罗斯在特洛伊战争中的爱情故事广为传诵。
③ Ruth,士师时期的摩押女子,以色列历史上的英雄人物大卫王的曾祖母。

第十一位公主的故事

结婚后不久,我丈夫带我回了他老家,那儿比我所知的任何地方都要远。他答应会陪着我,给我一间大书房,但前提是我绝不能在白天打扰他。每晚在餐桌上的几个小时里,我都和他一起,但他从来不会吃很多。他也似乎并不着急用他的身体装点我的床铺。

我问他白天在做什么,他说他在冥思关于创世的问题。我意识到这确实会耗费一些时间,便不再追问,也忘记了正常生活的规律。

一天晚上,我们正吃着一只我捕回来的鸽子,我丈夫站起来说道:"在一座黑塔里住着野兽,那座塔没有门也没有窗,没人能进去,也没人能离开。塔顶有一座骨头制成的牢笼,笼中羁押着的灵魂窥视着太阳。那座塔是我的身体,牢笼是我的头骨,那正在唱歌聊以自慰的灵魂是我。但我还是很痛苦,我很孤独。杀了我吧。"

我照他说的,用一只银烛台敲碎了他的头骨,只听见"嗤"的一声响,像潮湿的木柴被投入火中。我打开了门,把他的尸体拖到空中。在空中,他飞走了。

有时我还能看到他,但只能远远地遥望。

她们的故事都讲完了。十二位跳舞公主邀请我作为客人，留宿一夜。

"还漏了一个。"我说，"你们只有十一个人，我也只听到了十一个故事。你们的妹妹呢？"

她们面面相觑，接着最年长的那位说道："我们最小的妹妹不在这儿。她从没来这儿和我们生活过。在她和那位发现了我们秘密的王子举行婚礼的那天，她像鸟儿飞离陷阱般飞离了圣坛，沿着紧绷的绳索，从教堂的尖塔走到了海湾中正要起锚的那艘轮船的桅杆上。"

"她是我们当中最好的舞者，她能将身体扭成我们无法效仿的形态。她跳舞是为了获得愉悦，但又不只是如此。她跳舞，是因为任何其他的人生都是一种谎言。她没有因为一种她无法表达的激情而在隐匿中燃烧殆尽。她熠熠发光。"

"从我们穿着红裙子、披散着黑发那天以后，我们已经很多年没见过她了。她现在肯定老了，肢体僵硬了。她柔软的身体只能沦为回忆，她如今的身段已今不如昔。"

"你还记得，"另一位姐妹说，"她过去有多轻盈吗？她是如此轻盈，甚至能够沿着绳子向下攀爬，在半空中将绳剪断，然后再系上，而不至于摔死。风依托着她。"

"她叫什么名字？"

"福尔图纳达。"

一六四九

起初,内战几乎影响不到我们。舆论高涨,像斯科罗格斯牧师和邻居菲尔布雷斯那种人,他们会抓住一切机会显示自己比一般人更高一等。有时,本地军和圆颅党①的暴徒会突然袭击某个贵族宅邸,以上帝的名义将其据为己有,不过这一切都进行得悄无声息。没有人真的相信国王会输,因为国王总能赢。不管对手是谁,国王总能赢。

我自己倒很想干一仗,享受享受故意激怒邻居菲尔布雷斯的乐趣。实话实说,在温布尔登的日子里,我非常想念他那张歪瓜裂枣般的脸。如果人人都规规矩矩的,还有什么乐

---

① The Roundhead,17 世纪英国内战时支持议会的人,也称议会派。因与保留长发的保皇派骑士对立而得此名。

趣可言？

在温布尔登，我们都确信亨利埃塔王后会随时带着法国、意大利或西班牙的同盟军回来，清剿这些衣服浆挺、鼻水直流的清教徒。但是她没能找到同盟。好心人有很多，但没有同盟。反对国王的海军控制了港口，留意着任何海上援军的迹象。

国王的人来到房子里，告诉了我们"诺尔国王"[①]——他们对克伦威尔的戏称——的所作所为。他砸碎了我们教堂里漂亮的玻璃，关闭各种娱乐场所，好让人们除了虚无缥缈的上帝以外一无所有。听说这些之后，我们开始憎恨一度被当成笑话的事实。

我前往离花园不远的教堂。那座乡村教堂以它的祭坛窗户闻名，上面刻着我主站立着给五千人布施的场景。黝黑的汤姆·费尔法克斯[②]闲极无聊，在窗户外立起炮台，下令开火。等我到那儿的时候，窗户已经没了，人也已经撤了。

一群女人聚在那堆玻璃残片前，它们将地板点缀得比任

[①] King Noll，指奥利弗·克伦威尔 (Oliver Cromwell)。诺尔（Noll）是英文名奥利弗的一个常见简称，保皇党常常称克伦威尔为"老诺尔"。
[②] Black Tom Fairfax，克伦威尔的得力大将，因皮肤黝黑而得此外号。

何花坛里的花毯都要亮丽。她们之前曾清洗过那窗户，擦亮那条由我主伸开双手赐福的光滑的鱼，刮净使徒们脚下的残余烛灰。她们热爱那扇窗。女人们沉默着，开始不约而同地收集那些碎片，装进她们的篮子里。她们拾起破碎的面包，两条鱼，饥饿者惊诧的脸庞，直到篮子被装满，就像原始神迹中门徒的篮子被装满一般[①]。她们用血迹斑斑的双手搜集每一块碎片，并告诉我她们将在一个秘密的地方重建这扇窗户。晚上，工作结束后，她们排队走入小教堂，开始祈祷。我没敢跟随，只是透过原先是窗户的那个空洞看着她们。

她们在圣坛前跪成一排，而在她们身后、她们无法看见的石板地上，我看见了红、黄、蓝色，是那扇窗户拼接而成的色彩。那些色彩浸入石板，覆盖住女人们的脊背，仿佛她们穿上了五彩的衣服。教堂在彩光中起舞。我离开了她们，走路回家，脑子里满是那些无法被毁灭的事物。

一六四九年一月二十日，审判开始了。约旦、特拉德斯

[①]此处指耶稣"五饼二鱼"神迹，出自福音书。耶稣让门徒供应食物给五千众人，一个孩童将自己的"五饼二鱼"贡献出来。众门徒苦于如何分配，主在此时望着天祝谢，让所有人都分到食物。主吩咐门徒收集剩余食物时，竟装满了十二个篮子。

坎特和我已在伦敦待了一个星期。特拉德斯坎特投宿于荆冕堂客栈，约旦和我则回到了六年未曾回去的老家。

臭味没变，河水还是那么脏，挖泥人仍旧在水里来来回回，忙着寻找垃圾。在河的中央，有只鸡站在鸡笼上。我自豪而兴奋，甚至有点想撞见我的冒牌朋友——那个瘦骨嶙峋的老巫婆——好告诉她我们在外面的世界里取得的成就。

约旦已经十九岁了，长到我胸口那么高。对于一个不是我亲生的男人，这样的身高已经十分可观。他一点儿都不像我，为此，他一定偷偷地松了一口气，尽管他从来没像别人那样，一接近我就开始发抖。

我穿着自己最好的衣服，这条宽大的裙子足够为一艘饱受战争摧残的船做一面帆，而脖颈处那点别致的蕾丝，本是一位盲人妇女编织的披巾。我告诉了她我的大致尺寸，但她怎么也不相信。因此，我不得不把一打毯子缝到一块儿才能遮住光溜溜的肩膀，但终归有了个精致的领子。为了这次荣归，我还特意戴上了帽子。尽管有种种缺陷，但我想我还算是个标致的人儿。

当我们走近我们长长的茅屋时，我看到有烟从屋顶的洞口冒出。再走近一看，邻居菲尔布雷斯和斯科罗格斯牧师正在我家门口的台阶上聚精会神地谈着些阴险话题。

"约旦,快跑!"我大叫道,"他们要烧死我们!"

我跑上前去,伫立在他们上方,像巨人歌利亚①俯视大卫一般俯视着他们。他们颤抖着,斯科罗格斯牧师捂着嘴,含糊地说着些什么我已经死了之类的话。

"谁告诉你我死了?"

见斯科罗格斯无言以对,我便像推九柱球②似的把他推到一边,接着朝屋里看去。

屋里,报纸满满堆到了房顶。

"我们以耶稣和奥利弗·克伦威尔的名义征用了你的房子。"菲尔布雷斯说道,他那老鹳草似的鼻子因满腔正义而涨得通红,"这些都是揭发国王的文件。"

我从纸堆的顶端抓了一张,发现是一份由萨缪尔·佩克所写的《完美手记》,跟作者本人奸诈罪恶的名声一样,这篇习作既虚伪又冗长。

"这个佩克,"我揪住菲尔布雷斯的夹克领子,说道,"是我的仇人,他从我这儿拿了两条好狗,一直没给钱,都过去

---

① Goliath,传说中的著名巨人,被大卫杀害。
② Ninepin,保龄球的古称。

好几年了。"

菲尔布雷斯开始扭动,我便干脆将他从地上拎起来,举到与我平视的高度。他开始流口水。

"这个佩克,"我像条龙似的喘着恶气,继续说道,"就是个不长毛的秃鹫。一个脸颊细瘦、长着鹰钩鼻的傻高个。贼眉鼠眼,一双细腿只知道逃,除了通奸、撒谎和醉酒,什么都不会。"

我叫来约旦,开始把那些报纸往外扔。

"约旦,把它们堆起来,能堆多高就堆多高。让我们点一把大火,将斯科罗格斯牧师和好邻居菲尔布雷斯搁在最上头,来纪念盖伊·福克斯①。"

这时,斯科罗格斯走了过来,眼里渗出毒液,面容扭曲得像青蛙。

"女士,小心下地狱。"

"那就可怜可怜我吧,"我说,"我可怜你,因为你不用担心了,你早已进入地狱,再也回不来了。"

"这话你应该跟我的弟兄说。"他狰狞地笑着,往后退了

---

① Guy Fawkes (1570 – 1606),企图用火药阴谋杀死詹姆士一世的主谋。

一步，身后出现八个穿着无色外套的圆颅党。

我赶到门口，发现还有另外三个人围着正在放火的约旦。

"你们是撒旦的同盟！"我喊道，"给我退到后边！"

但我是罪人，不是耶稣，那些恶魔不但没有消失，反而抓着约旦往外走。菲尔布雷斯开始边放屁边大笑，恐怕我还没来得及把他肢解，他就会自己爆炸。

我径直冲向那些卫兵，打断第一个人的手臂，撕碎第二个人，然后踢了一脚第三个人的头，将他当场踢晕。另外五个人朝我走来。当我将其中两个早早送上西天的时候，另一个拿出了滑膛枪，正正朝我胸口开了一枪。倒下的瞬间，我压死了身后的那个人，接着我从乳沟里拔出了子弹。当时我真是气疯了。

"弄坏可怜女人的裙子算什么绅士？还是我最好的裙子。"

我坐起来撸起袖子，开始意识到要对付这些下流坯子，还是得认真点。但还没等我站起来，他们就已经跑了，只留下斯科罗格斯和菲尔布雷斯像等待审判日般瑟瑟发抖。

"我不会现在就杀了你们，"我说，"赶了这么久的路我也累了，只想在自己家里安顿下来。带着你们裤裆里的屎滚吧，就算我这辈子都不回这儿，你们也别再靠近这地方。"

在我的宽宏大量面前，他们像罪人在美德面前那样羞愧不安。他们走后，我和约旦把所有的《完美手记》堆起来点着了，火光闪耀，缕缕辉煌直直穿射到泰晤士河的对岸。那些生活贫苦的人走了过来，围坐在火堆旁取暖，喝着我的啤酒。恍惚间，我以为自己从未离开过，那些历险和遭遇都不过是南柯一梦。我朝约旦望去，看见了一个捧着破碎小船的男孩儿。我想，只要这火能一直烧下去，未来就有可能搁浅在港湾里，而我们则可以永远停留在这一刻。如此温暖，如此光亮。但我睡着了，当我打着寒战醒来时，清晨已悬挂在水面，焦炭上结了一层寒霜。

和特拉德斯坎特喝酒的时候，有个男孩溜进了荆冕堂客栈，往我们的台子上搁了张大报纸。

客栈老板是保皇派，与那些面目呆板、屁股扁平、坚称国王背叛了子民的狂热分子毫无交集。那些人说国王是暴君、独裁者，挥金如土，不愿接受为人民效力的议会。这种宣传单在伦敦铺天盖地到处都是，它告诉所有人国王没有天赋神权，他应该为自己的罪恶接受审判。至于我，我宁愿活在放肆无度的罪恶中，也不愿背负背信弃义的恶名。

那些清教徒想要圣人统治，只要耶稣，不要国王。他们忘记了我们带着肉身来到这个世上，也只能在这具躯壳中生活。清教徒的女人们束着胸，做着不放盐的清淡食物；男人们则因为害怕自己那家伙勃起，用绷带把它绑在双腿间。

审判前的这一个星期，他们付钱让人坐在小酒馆里，窃听任何效忠于国王的言论。放在我们桌上的这张印刷粗劣的大报上印着国王的口信，没有出版人姓名，因为传发这报纸即是死罪。那男孩儿走了，带着特拉德斯坎特给他的一便士钻过了壁板，我们这些热爱国王的人们则围成一团聆听他的口信。

特拉德斯坎特承诺会在审判时为我们在旁听席留座。我们将在乔装打扮后混进去，至于装扮成什么，我还不是很清楚……

举行审判的那个星期，伦敦颁发了一道禁令，禁止保皇党骑士出现。作为皇室的任职人员，特拉德斯坎特的处境很危险。每个热切想要参观审判的人都经受了严格的搜查与盘问，尽管清教徒为了提升他们的公众形象，承诺审判将向所有除国王支持者以外的人自由开放。特拉德斯坎特和约旦扮成妓女,脸上涂脂抹粉,双唇绯红,那身衣服看上去就像是被首都里的每个步兵摸了个遍。约旦踏着优美的小碎步,抛着美艳的媚眼,这让他得到了好几个过夜的邀约。

我裹着破布,像沥青一样黝黑,戴着一顶从戏院里讨来的旧假发。我为自己做了一辆专门加固过的手推车,像一堆粪便一样坐在里面。

我们就这样进入了棉花屋——审判国王的现场。

两个士兵拦住我们,问我们是否有入庭许可证。

"哦,先生,许可证我们有的,"我叹了口气,手朝我那堆污秽的褶层里探去,"因为我们身上背负的罪,我们早已被准许获取许可证。看,是休·彼得亲自颁发的。"

这是真的。休·彼得,一位自认为是上帝代理人的牧师,满脸都是褐色的麻子。他向任何真诚忏悔、渴望见到圣人当权的人提供审判庭入场券。那个星期,他以"上帝将会用锁链束住我们的国王"为题进行布道,布道结束后,一群无助、受诅咒的人们向他爬去,寻求安慰。一身妓女装扮的约旦发觉休·彼得油腻腻的手伸到了他的裙子底下,承诺给予他只有上帝才能带来的自由。约旦流着泪呻吟着,向他祈求多给两张入场券给他朋友。普通的女人,需要牧师触摸的女人。

于是我们来到了这里。

那当兵的眯着眼,打量着那纸片,要求我将手推车搁在旁听席的入口处。

"我不能,大人。"我喊道。"因为我有花柳病,我的皮肉正在我体内腐烂。如果我站起来,大人,您就会看见脓水化成一条河淌过旗帜。圣人的统治可不能在一堆脓水中开启啊!"

约旦和特拉德斯坎特站在我背后,各自握着推车的一只把手。

"这是我女儿和侄女,大人。"我边说边招了招手,"她俩把我从普利茅斯一路推过来,就是希望我能得到救赎。"

"是的,"约旦说,"每走一英里都让我们备受折磨。"

那些当兵的转过身商谈了一会儿,而我则吓得满身大汗,生怕他们让我站起来,看到我那巨大的体形。特拉德斯坎特告诉我,自从与卫兵干过那仗之后,他们已经颁发了一道逮捕我的命令。

"你们可以进去了。"其中一个当兵的宣布道。

"那么，请吧，"我有几分得意地转动着眼珠，"请为我们开条道吧，因为我得蹒跚地爬上阶梯，走进旁听席，我女儿得接住从我身上溅出的脓液。那种像死了三天的狗身上发出的恶臭，敏感的人可闻不得。"

只见那当兵的嘴唇抽搐了起来，但他什么也没有说，带着我们来到通往旁听席的大门。他把正在排队等待准入的人推到一边，招呼我们通过。

门刚在我们身后关上，我就从手推车里跳出来，抓起它跑到楼梯顶端，又立即跳回车中，重新开始呻吟，呼唤着耶稣。

审判持续了七天。这根本不是审判，不过是执行处决的手段而已。国王戴着他的天鹅绒帽子，身上除了嘉德星章[①]之外，什么珠宝也没戴。他骄傲地直视着首席检察官布拉德肖的脸，就连他的敌人们也为之动容。星期天，信徒们聚集在教堂里，当欧巴迪亚·塞奇维克像往常一样在考文特花园的布道坛上诋毁国王时，他遭遇到了一片沉寂。

[①] Star of the Garter，嘉德勋章的一部分。嘉德勋章（勋位）为骑士勋章，由英王爱德华三世于1348年制定，由袜带、首饰和星章组成。

第七天，审判庭挤满了穿着清教徒服饰、瞪大眼睛聆听判决的恶棍。法庭书记员站起来，开始宣读国王的种种罪行，包括因不承认法庭的合法性而拒绝为自己的罪行做辩护。终于，这位满脸是痘，头顶光秃的长棍儿男人尽可能庄严地宣读道："查尔斯·斯图尔特，暴君、叛徒、凶手、全民公敌，你被判处死刑，将被斩首处置。"

而后，全体签署死刑认可书的陪审员——共六十八人——起立示意同意判决。

国王试图说些什么，但布拉德肖一句都不愿听，示意把他带走。从法律上讲，国王已经死了，而死人是不能说话的。

我们目送国王离开大厅，他握着手杖，背脊挺得笔直。在通往街巷的门廊里，他看见他的追随者们不顾禁令出现在这里，人数多得让卫兵难以逮捕，但依然没法进入法庭。他们正在哭泣。查尔斯转身面对着他的看守，用能让所有人听见的声音说："你们也许能阻止他们进来，却阻止不了他们的眼泪。"

冬日午夜的霜，冻僵了星辰，擦亮了地面。我们整夜没睡，三个人挨在一起，看着火光重重中的行刑台建造成型。工匠们戴着黑色面具，不停地环顾周围，就好像他们觉得将会有一群魔鬼穿过黑暗来索取他们性命。杀死国王可不是什么吉利事儿。

剑子手本人则站在墙上的火炬下，在磨刀石上磨着他的斧头。斧头磨锋利了，闪耀着尖细的橘红色光芒。他用自己的大拇指试了试刀锋，我们看见它被染红了。不远处的笼子里装着一只羊。在处决贵族前要先试试斧子，这是习俗。两个人把挣扎着的羊从笼子里抱出来，将它的四条腿捆成一团。"咻"的一声，斧头就切穿了羊毛、肉与骨头，干净利落，让我错以为只要捡起头，将它缝回去，这只羊也许就可以跑走了。

人群发出半心半意的欢呼，他们用一根棍子穿过动物的身体，将它放在火上烤起来。羊头和羊毛则给了一个乞丐。

国王直到下午才出现。他穿着一件麻布衫，胡子修整过，尽管很多观众都被冻晕了，他也没有一丝颤抖。他跪下来，头搁在垫头木上。我看见特拉德斯坎特脸上泪流成河，那泪水随即就被冻住，像钻石一样挂在他的脸颊上。国王示意可以了，片刻之后，他的头就被包裹在一块白布里，身体被抬走了。

那天晚上，在荆冕堂客栈，特拉德斯坎特决定乘船离开我们。我看见约旦的脸，我的心好像突然变成了囚房里的俘虏。现在我无法抓住他了，我知道他会离开。

我来到外面，不停地走着，直到客栈的灯光变成远处的斑点。我独自一人，身边是流入大海的河流。

在一个遥远的舞蹈学校里，福尔图纳达教授她的学生们如何成为一个光点。

她们六七岁的时候就跟着她，有些人在这里度过了余生。

大多数时候，她如蝴蝶在花丛中那般舒展自如。本有可能折断或僵硬麻木的肢体，她却能将之当作熔炉中的金属，柔韧、拉伸，迫使肌腱形成不可能的形态，召唤出她的艺术天性。

她相信我们都是曾经知道该如何飞翔的堕落天使。她说，光在我们体内燃烧，随时有把我们熔解的危险。不然，我们怎么解释那么多消失的人？

她的工作便是引导分布在腹部神经丛的光,迫使光沿着手臂和腿进入指尖与双脚,再溢出体外,让她的舞者们流出火舌般的汗水。

她告诉她的舞者们:"经由身体,身体方能被征服。"

她要求他们冥想,想象腹部有颗五角星,看着五个角尖往外推进,第五个角尖进入头部。她旋转她们,接着用光钉住她们,于是舞者们保持手臂向上举起,一条腿与另一条腿交叉,呈三角形,单脚立于一便士硬币的点上,然后她接着旋转她们,直到所有的特征都变得模糊,直到人成为刚从幽暗罐子里放出来的精灵。一个接一个,她旋转着她们,像是一个玩杂耍的人,用木棍转动着盘子。时而有人慢下来,或因晕眩而摇摇欲坠,因此她总在队列间跑来跑去。有那么一刻,所有人都沿着长长的大厅和谐地转动,这时,她听到音乐从她们的头部、背部和肝脾中逃逸了出来。每个人都发出尖锐如切割玻璃的声响,嘈杂声震耳欲聋。就在那时,旋转停止了,舞者们疯狂的旋转从运动进入了永恒。

她们是谁,闪着金光,像那正午教堂玻璃上的十二门徒?

光亮的木地板因她们身体的热量而闪着光,她们一个接一个地瘫倒,精疲力竭地躺在地上。

福尔图纳达让她们休息一会儿,然后舞蹈重新开始。

  这个世界充满了对瘟疫的恐惧。各种诡异的疾病席卷大城小镇，留下空荡荡的教堂和必须被烧毁的床单。人们认为圣水、十字架、山间的空气、圣人的庇护和西洋菜饮食法都能将人类这个物种从腐烂中拯救出来。但有什么能把人类从爱中拯救出来呢？曾经有个男人卖给我一条鸡骨项链，他说那些鸡是当年散布在伯利恒①耶稣婴儿床四周的鸡群的直系后代。那些骨头可以将我从各种伤痛中拯救出来，引领我虔诚地走向天堂。他自己就戴了一条。

  "那么爱呢？"我问道，"爱呢？"

---

①耶稣诞生地。

他摇了摇头，向我保证没什么能抵御爱。护身符甚至连最轻浮的爱都不能抵挡。当然，若是要激发爱意，那就另当别论了——我想要来一包唐璜亲手调制的香料吗？

"但如果能激发它，也就必然能阻止它，不是吗？"

"根本不是这样的，"那个人说，"因为每个人都想要去爱，所以它很容易激发。但除非爱自行消失，否则很难终止它。"

"但还是有人从来没爱过呀，我母亲就是这种人。"

他说："他们一定有个不为人知的秘密，通常都是如此。"

我想到了那些伟大的情人，那些以爱为业的男人和女人们。他们不知疲倦地从一段激情跃至另一段，有时还脚踏两条船，或者三四条，像个特技驾驶员。他们又在寻找什么呢？

与之相比，我自身的激情就没什么好说的了。不仅是因为我现在追求的那位舞者——用她姐姐们的话来说——已经老得不能动弹了，更因为在过去的几段恋情中，我总是与一些不会、不能、也不爱我的女人纠缠不清。那么我爱她们吗？当时我是这么想的。但现在我开始质疑，我也许只是通过她们来爱自己。

不止一次，我都准备为了爱放弃我的全部生活，改变我所熟知的一切事物，进入一个截然不同的世界，在那里，我唯一了解的便是我的爱人。这样的牺牲必定是出于爱……还是因为生活本身就已被耗竭了？也许我已受够了那种生活，但因为固执、畏惧或是无知，我一直不愿意承认。习惯本身就是巨大的黏合剂。

我想正因为如此，那些最需要改变的人才会选择陷入爱河，然后摊开双手，把责任推到命运头上。但那不是命运，至少，如果命运是指存在于我们之外的事物，那就不是命运。那是在许多个充满渴望的夜晚里秘密做出的选择。

当我抖落心中的激情，就像不慎掉入河沟里的狗抖落身上的水时，我发现自己对曾蹂躏我的东西一无所知。被爱的人肤浅、无知、无情、唯利是图、斤斤计较、愚蠢透顶。自然，这些想法能够保护我，但它们也让我变得全然盲目，失去了辨别能力。

所以我将做出如下解释。

梦想着另一种无法言说的生活的男男女女们突然来到了墙上的一扇门前。他们打开门，门背后便是那另一种生活，此时，它对那些男女们来说已见怪不怪了。这种生活也许并不是他们想要的，而是他们所匮乏的，但这种隐秘的生活突然显现了。这便是他们真正的家园和他们的爱人。

被爱的人大多时候不过是满足爱人梦想的一个有形幻影罢了，我这么说可能有些愤世嫉俗。也许这样已经足够了——成为一个缪斯已经足够了。真正痛苦的是你的梦发生了改变，而这是一种必然。突然间，魔幻的城市消失了，你又一次独自被遗落于风中的荒漠。至于你的爱人，她并不理解你。实际上，你也从来没有理解过你自己。

我曾去过一个城市，那里的居民在爱的瘟疫连续三次来袭后全部灭亡了。第三次来袭后，仅剩两位幸存者——一位僧侣和一名妓女。他们决定，在重建的国度里，爱应是非法的，任何沉溺于爱的人都将被判处死刑。在这个绝妙计划的激励下，他俩尽可能多地做爱，多亏妓女身体强壮，这座城市很快又填满了居民。孩子们在很小的时候就被警告得知爱给个人与社会带来的可怕后果。他们被逼迫放弃任何浪漫的幻想，男人和女人被小心地隔离，所有的婚姻都是包办。而性，那同时灼烧着心与下体的性，只有在为了生育后代时才成为可能，或是在三个节日的夜晚里，一群妓男妓女从隔壁的城镇被雇佣过来，满足这座城市居民的饥渴。自然，即便是如此短暂的相遇，也还是有人消失在夜色中。僧侣和妓女尽管垂垂老矣，却仍然完全控制着这座城市，他们宣布这样的凭空消失是违法的，并扣押了这些人的财产。

我质疑他们的严苛，觉得他们就像支配我自己国家的清教徒。他们从未听说过清教徒，但他们都对将男人那东西捆绑起来不能动弹的主意很感兴趣。他们说宗教本身并不重要，重要的是防止另一场爱的瘟疫横扫这座城市，致使勤劳的人们抛弃工作和家庭，把时间都花在往窗里扔玫瑰和创作民谣上。

"在那种事情上耗上几个月，"僧侣说，"人就毁了。"

接着，他告诉我上次爱疫来袭时是怎样的情形。一开始一切都不动声色，月光下零星的吉他声，黑暗的遮掩下，几片爱的纸条在传递。接着，市长爱上了一个女店员，将办公室的钥匙串挂在了公共厕所上。然后寺庙里每个僧侣都被逮到在宾根的希尔德嘉特①的塑像前手淫。他们对早晨五点的祷告钟声充耳不闻。事实上，因为太久没注意那钟声，聘来敲钟的老头一直敲到心衰而死。他死时仍然敲着八点的钟响，僧侣依旧毫无知觉。

---

① Hildegard of Bingen（1098－1179），亦称圣希德嘉，是中世纪德国的一位女修道院院长，也是最早有记载的女性作曲家。

更糟糕的是，天性正常的普通男女也开始相互凝视，为爱情而死。山坡上每天都有新挖的坟墓，而掘墓人自己也爱上了一个他正在埋葬的女人，于是便打开棺材盖爬了进去。数小时的苦劝过后，他的家人终于失去了耐心，亲手将他们埋了。自那以后，尸体只能被投入河里，如此一来，剩下的人自然受到感染死去——除了僧侣，他正处于斋戒期，只喝修道院地下室的圣水；还有妓女，她什么水也没喝。

"现在住在这儿的人们，"他说，"不再为疾病所扰，过得很幸福。你可以在这儿安定下来，对你有好处。"

我决定四处逛逛，于是去了一个小摊上买了些面包。尽管我满脸堆笑，货架后的年轻女孩却毫无笑意。最后她告诉我："你这样做是违法的，快停下来。"

"什么违法？"

"爱上我。"

"我没有爱上你。"

"那你干吗要微笑？"

还没等我答复，她就拿出了一本书，翻到"S[①]"条目下，

[①] 微笑的英文为 smile，故在"S"条目下。

大声地朗诵:"微笑,最早的示爱征兆之一。如果有人对你微笑,那人一定另有所图。"

"真抱歉。"我说,把嘴抿成了一条直线。

这之后,我去买了支口琴,并小心翼翼地避免微笑。

"您这儿有吉他或曼陀林①吗?"我问。

店主看起来像是受到了冒犯,很是愤怒,好似我是在要求他去挖出圣母遗骨一样。我解释说自己是外地人后,他的态度才变好一点,并告诉我这儿禁止吉他和曼陀林,也不准拉小提琴。如果我感兴趣的话,他倒是有一把不错的大号。我礼貌地拒绝了那把大号,等着他给我一些提示。他告诉我可以去城市博物馆看看。

博物馆是一座晦暗而庞大的建筑,似乎无人看管,也没有导游和其他参观者。这是一座爱的博物馆。进入主厅,迎接我的是一座参孙②的塑像,双眼戳瞎,萎靡颓丧,锁在非利士人③肉欲横流的宫殿里的两根柱子之间。坐在他脚边幸灾乐祸的是大利拉。她手里正握着他的头发。

---

① Mandolin,一种半梨形弦乐器,形状与鲁特琴相似。
② Samson,《圣经》中著名的大力士,被爱人大利拉(Delilah)出卖,挖去了双眼。
③ Philistines,居住于地中海东南岸,好战好斗,常与"海上民族"相联系,《圣经》中有记载。

很快我便找到了那些被宣布为非法的吉他和曼陀林。它们高挂在墙上，下边是一行显目的题词：色欲与暴怒的乐器。

不远处有一束干萎的玫瑰，上面是丘比特的弓与箭。一些过期的桃心糖存放在玻璃盒里，蹩脚的诗歌被牢牢地钉在桌上。最令人伤心的是一条毛绒玩具狗，它的脖颈上绕着一条蝴蝶结，上面写着"我爱你"。

在"浪子和荡妇以及他们所造成的危害"展区里，我遗憾地看到了我们的亨利国王高高地站在他不幸的妻子们身旁的情景。

因为是独自一人，又没人管我，我便爬了上去，从墙上取下吉他。我吹去灰尘，试了试弦。弦有些松了，但还没朽烂。我小心地将它们一根根调试好，弹了一首温柔的小调。

安静地唱了一会儿后，我注意到眼前出现了一双脚，然后一双接着一双，脚越来越多。我被这座城市的居民围住了。他们不发一言，我想着既然无处可逃，只好继续弹唱下去。慢慢地，仿佛入迷了一般，他们也开始加入进来，有一两位还将他们的手臂搂向同伴的腰间。我们就这样唱着，直到天差不多黑了。其中一个男人，一位旅店老板，高喊着说我们全都应该和他一起庆祝，他让我也一定过来，继续我的弹唱。我们从博物馆四散而出，走入夜色。在旅店里，一个女人将丘比特的弓与箭摆在了吧台上。她大笑着——她不知道那是什么，但那是违禁物品，因此她喜欢它们。午夜时分，我正想去睡觉，外面的街上却响起了喊叫与哀号。那是坐在紫色托架上的僧侣和坐在闪亮王座上的妓女，他们是和警察局局长一起来的。我抓起吉他，毫不迟疑地从窗口溜走，女孩将丘比特的弓箭扔给了我，还给了我一个飞吻。

很久以后，那是很多年以后了，我听说那晚之后，爱的瘟疫再次席卷那座城市，但那次与通常的形式不同。僧侣召集了所有的居民，警告他们说，如果不立刻停止这种罪恶的行为，大家都会死。他提醒大家，爱的惩罚，就是死亡。他们举行了一次投票，大家不约而同，都选择了死亡，于是和尚和妓女将居民们尽数枪决，又变成了孤零零的两个人。他们疲惫地爬上了床。一切又要重新开始。

离开这座爱疫泛滥的城市后，我重新登上了特拉德斯坎特的船，继续前往百慕大的航程。特拉德斯坎特的计划是搜集种子、豆荚，以及任何能让英国人喜欢的奇珍异宝，带回来种到我们自己的花园里。我们都希望能更加成功地运用在法国学到的嫁接新方法——在某些果树上,我们已经尝到了一些甜头。

所谓嫁接,就是将一种脆弱、收成不确定的植物与同一科目的另一种属性更为稳定的植物相结合,以此获得两种植物的优点,在不需要种子和父母植株的情况下制造出第三种植物。用这种方式生长出来的果实能抵御疾病,而这些植物将学会在它们以前不能生存的地方生长。

很多宗教人士斥责这种实践违背天理,他们坚持认为创造世界的上帝凭他自己的喜好创造植物,除此之外不应有他法。

特拉德斯坎特的樱桃种植技术在英国备受赞誉。正是在樱桃树上,我第一次学习到了嫁接的艺术,并开始考虑我是不是也可以将其运用到自己身上。

当我母亲看到我耐心地试着嫁接一棵波士泰德黑樱桃和莫瑞罗樱桃时,她叫嚷道:"你不如把我和你的屁股缝在一起,把我俩也结合起来。"接着又说:"你造的这怪物是什么性别?"

我试图跟她解释,虽然那棵树不是从种子里长出的,但它依然是雌性植株。可她说这种东西没有性别，它的存在让它自己都感到困惑。

"让世界以自己的意志交配吧，"她说，"否则就什么也不要做。"

但是樱桃树还是长大了，我们给了它性别，它是雌性的。

我希望特拉德斯坎特的一部分也能嫁接到我身上，这样我就能成为像他那样的英雄，可以在任何环境中蓬勃生长，装载满船的珍宝回国，在国王复辟时受到最高荣誉的欢迎。

英格兰是英雄的土地，每个男孩都知道。

起锚后不久，我就离开了主船去取水，顺便游历各岛。特拉德斯坎特从不反对这些漫游：他知道最后我总会带些东西回来，为自己的缺席辩护，他同样知道，我喜欢独处的性格是从母亲那儿习得的，她总是独自一人。

在划向一座看上去很荒芜的巨礁时，我突然醒悟，每次我想起或者梦见她的时候，她总是那么高大，而我总是那么微小。我坐在她的手掌上，像小狗一样被她捧着，从她脸上摘着些我也不知道是什么的东西。她在笑，我也是。

她就像一个数学公式,永远存在,不可能被推翻。

我想,在捡到我之前很久,她自己也是被什么人捡到的吧。我想象着她在岸上,在一个瓶子里。瓶子是钴蓝色的,带着一个包着破布的蜡质瓶塞。一个路过的女人听到瓶子里传来响动,拿出她的刀剪开封口,我母亲便像精灵一样从瓶里冒出来,模样越来越清晰,变得越来越大,最终具化成她的体态。她答应满足这个女人的三个愿望,然后将瓶子扔进大海。现在她把这一切都忘了,只是和她的狗坐在一起,看着潮汐。

在我上方,海鸥乍现,聚成一支白色大军。前方,隐然闪现着高大的石头。这座袖珍小岛的北边有一片沙滩,大海像舌头一样从中穿过。我把船靠近这片被彻底隔开的海岸,看看是否有什么生命的迹象。不管诗人还说过些别的什么,岛屿始终是心的隐喻。

我自己的心就像这片荒芜之地,从未有人造访,我也不知道它是否能维系任何生命。

为了获得这个问题的答案,我一直在寻找一个不知是否存在的舞者,尽管我从未意识到这段旅程早已开始,而正是在这个过程中,我才意识到我的真实目的。离开英格兰时,我以为自己正在逃离，逃离不确定与迷惑，但主要是逃离我自己。我想，也许将来我会变成另一个人，嫁接到更好更强大的事物上。后来我才明白，逃离其实是为了奔向新的某处，是为了追赶快速奔跑的那个自己，以另一种方式过另一种生活。

我在船上拼命追逐，而其他人的生命旅程却平静无澜。当一个人眼神失去神采，你就失去了他们。他们与你的距离是如此之远，就好像他们的身体正以光速被抛离至地球之外。

在这趟旅途中，时间没有意义，空间和地点也没有意义。所有的时代都可以定居，所有的地方都可以造访。仅仅一天的时间，心灵便可造出五湖四海，有些从未踏出出生之地的人，早已游遍了全世界。这段旅程是非线性的，它总是来回往复，无视日期、皱纹和身体的线条。自我不受限于任何时刻、任何地点，只有在某个时刻与空间的交汇处，自我才会在某一瞬间穿越一扇大门，转瞬即逝。

地平理论

地球是圆的，同时也是平的，这显而易见。说它是圆的，似乎无可争议；说它是平的，是基于我们的生活经验，也毫无争议。地球仪无法取代地图，地图也不可能使地球仪变形。

地图很神奇。底部的角落有鲸鱼，顶端则有正捉着突眼鱼的鸬鹚。二者之间，是关于这片土地的谎言——一种主观解释。粗略的形状勾勒出不知是否存在的国家，红色虚线标示着岌岌可危或根本已消失了的道路。知识看似在增长，地图则由此不断被重新绘制。但究竟是知识在增长，还是细节在堆积？

一张地图能告诉我怎么找到那些我从未见过，却常常想象的地方。当我忠实地追随地图指引，到达那里的时候，那个地方已不是我想象中的地方。地图越是符合实际，便越不真实。

而现在，我们昆虫般渺小的身体挤满了地球表面，竖起旗帜，建造房子，好似所有的旅程都已终结。

但并非如此。合上地图，收起地球仪吧。如果别的什么人画了张地图，随他们去吧。拿出一张新纸，在底部画上鲸鱼，顶端画上鸬鹚，在两者之间找出那些你在其他地图上没找到过的地方吧，那些只向你彰显的关联点。地球究竟是圆是平，其实我们所知甚少。

幻觉和心病

对象1：一个女人在她的包里翻找，却找不到任何属于她的物品。她赶忙回家。但家在哪里？她根据钱包里的地址找到了住所。她从未见过这幢房子，也认不出那些捣毁庭院的丑孩子们是谁。屋里，一个肥胖的男人正等着他的晚餐。她开枪杀死了他。在审判席上，她说她从未见过他。他是她丈夫。

对象2：一个男人在参观一座著名的乡间大宅。他脱离了导游队伍，发现自己正身处一间安静的起居室，他知道这就是自己的房间。在脚凳上，他找到了上次自己留在那儿的烟斗和书。他伸手到胡桃木橱柜里，倒了一杯波特酒。他记得曾经自己在这里有多么快乐，却不懂为什么之后会因为随意取用国有财产而遭了官司，被判处一大笔罚金。最让他疑惑的是，他的狗都在哪里？通常，那些猎狗总在火炉边待着。

时间 1：在一艘靠近泰晤士河口的海事救援船上，有位年轻人走上甲板去看星星。他的同伴们都睡了，救生船紧紧地系在船边。一个男人站到他旁边对他说："我听说他们正在温莎埋葬国王。亨利已经在那条紫色棺罩下腐烂一百多年了，珍·西摩①就在他旁边。自那以后就再没有帝王埋葬在那儿了，那里还有点空间留给查尔斯，一小点儿地方。"

那个年轻人惊讶地转过身。他不知道有什么国王，只知道一位离辞世还远得很的女王。他正准备开口反驳这句玩笑话，却发现自己正与约翰·特拉德斯坎特面对面，在他们的头顶上方，船帆正在风中猎猎飞扬。

时间 2：他们朝正在从学校里出来的女孩发出嘘声。她恨他们，她想杀死他们。他们说她很臭，说她太胖、太高。她沿着河岸回家，来到位于上泰晤士街的公租房。来往的车辆都要把她震聋了。她踏上滑铁卢大桥的台阶，前去观赏圣保罗教堂夜里的灯光。可她看不到教堂，只看到一排排木桩和随波摆动的模糊船影。她不再能听到来往的车辆声，狗吠

---

① Jane Seymour（1508–1537），英格兰国王亨利八世的第三位妻子。

声震耳欲聋。回过神后，她踢开那几条猎犬，拉紧披肩，将自己裹得更紧些。有一瞬间，她感到晕眩，失去了平衡，但事实并非如此——她在家里，像往常一样。她能看见自己的棚屋。她笑了起来，风吹过她牙齿的缝隙。约旦会等着她，她不用看也知道他在那儿。

谎言1：只有现在是存在的，没有什么可以回忆。

谎言2：时间是一条直线。

谎言3：过去和未来的区别是一个已经发生过了，而另一个尚未发生。

谎言4：我们一次只能出现在一个地点。

谎言5：任何包含"有限"一词的命题（世界、宇宙、经验、我们自己……）。

谎言6：现实是能被一致认同的事物。

谎言7：现实就是真相。

平安无恙，悉心呵护，这便是我对约旦的所求。他离开我的时候，我既骄傲又心碎，但他来自于水，我知道水会再召唤他回去。

我照老样子过了一段时间，喂狗，带着它们去海德公园闲荡，然后在斗狗比赛中露一手。清教徒们连斗狗这件事也想取缔，他们认为公园应该是人们散步的地方，而不是用来投机和谋生的。我觉得人们要散步去哪儿都可以，但他们渴求的是别的消遣，尤其是现在，国王之死让未来变得无法预期，难以把握。现在，未来是一片荒野，像巢穴中的野兽般等待我们。

为了约旦，为了特拉德斯坎特，为了那段关于国王的记忆，我决定只要经过清教徒身边就向他们吐唾沫，一有机会靠近他们的教堂，就把头发编成色彩鲜亮的辫子。他们中的许多人因为我的无礼袭击过我,不过大多数人都被打死了。鉴于我那出了名的仁慈,我放过了一两个,只是将他们弄瘸了。

有天晚上,我正离开海德公园,身上覆着锯末,就像一头待宰的牛,这时,一个男人从阴影里走出来,朝我喊了一声"女士"。我对有教养的行为向来受用,于是礼貌地侧耳倾听,并同意跟他前往一个会议厅。他说那是关乎我们所有人的自由的事情。

会议厅设在布莱克弗莱尔①一间肮脏的小酒馆里。当我带着狗到达时,里面已是人满为患。我向他们要了一桶水,好让那些受伤最重的狗恢复体力,接着我便安静地坐下来。一个男人穿着耶稣的衣服,领我们做祷告,他让我们思考《旧约》中的两个片段。

他说"不可杀人"是我们信仰中的一条准则,但我们也应该意识到摩西律法中还有另一句:"以眼还眼,以牙还牙。"②

我一直对这些对立的教条非常感兴趣,期待有人能对它

---

① Blackfriar,伦敦一地名。
② 两句引文分别出自《出埃及记》20:13 和 21:24。

们的意义做出全面的解读。牧师继续说，作为保皇党，我们的当务之急就是为国王的死报仇，但我们也不能违背神圣的律法。

这时我脸红了，我已经多次违背了律法。

"所以，你们应该秘密悄然地行动，遇见敌人就挖掉他的眼睛，若有牙齿就拔掉他的牙齿。这便遵守了上帝的律法。"

我十分信服这种解读，唯一让我疑惑的是，为何之前自己没有自发地想到这一点。看来这还是一件需要学习的事情，唯有这样才能解读经文。

我们约定在满月和新月时见面，像古代的圣徒一样互相鼓励。

从那儿走回家的路程很短，而我几乎没有料到，这么早就能遇到一个机会实践我内心的召唤。听见背后有马经过时，我便移到了路边，但还是没来得及逃过鞭打。我在暴怒中转过身，看见一个满脸麻子、皮肤粗糙、智力有些问题的老古董，他穿着件灰衣服，那蕾丝平领对一个不愿张扬的人来说显得太大了。我把他从马上拉下来，用拇指戳下他的眼球，接着，为了迫使他打开颌骨，我用我的脚跟撬开了他的牙齿，就像从狗嘴里掏鸡骨头似的，我很快拔光了他的牙齿，用他的手帕给包好。

到满月那天，我自觉干得很漂亮。我来到集会，准备听听有关伤痛与复仇的故事。但让我疑虑的是，没有人带来他们在丰功伟绩中获得的战利品。为了鼓舞士气，我将带来的那袋东西倒在地上：一百一十九个眼球（少了一个，因为那个男人本来就只有一只眼睛）和两千多颗牙齿。

房间里有些人马上就晕倒了。牧师要我下半个月不要这么狂热，如果我做不到，至少将袋子留在家里。

我感到很受伤。他并没有给我们每个人分配定额，在我看来，我的狂热只是弥补了他人的懒惰。

我没有留下来吃茶点。我独自离开，将那些眼球喂给狗吃，牙齿则被我用作西洋菜菜地的排水道。我决定单干，将破坏进行到底，而这时，那个七年未见的史派特妓女找到了我。她老了，也没有以往美丽了，但她的身材仍然显露出其职业素养。她似乎很紧张，我不知道她对我有何请求。

原来她和她口中的"姐妹们"杀死了那些来妓院的清教徒。让她们困扰的倒并不是这个，而是如何处理尸体。她们不信任找男人过来帮忙，而地下室已堆满了尸体，她害怕会爆发瘟疫。我能帮忙吗？我足够强壮。

约旦离开后,我一直孤身一人,找不到友情和陪伴。在我看来,男人和女人个个都装腔作势,油嘴滑舌。当他们接近你,想要寻求友情时,心里往往都想着别的事,那些对自己有利的事。之前我乐于接纳,却深受伤害,现在我则谨慎地对待奉承和讨好。

我决定帮助她,因为她直截了当,还因为无论是活着还是死去,身体对我来说都不算什么。我会为了我的狗和我的孩子哭泣,至于其他人,只要他们乐意,尽管消失好了。

妓院是一个处处有着玄妙机关的地方。我们来到门边时,一道木帘子升起,一位长着雪貂似的双眼的人带我们进去。屋里到处都是痛苦和不幸的声音,就像我们在地狱里听见的一样。这人间地狱的景象令我无比惊奇,特别是当我被允许窥视某个房间的时候——我看见了一个男人,除了戴着面具以外,全身赤裸,一块滚烫的铁块正烙烤着他的臀部。那个将乌青的铁棍戳入他肉体的女人只和孩子一般高,从背后看,就像是个小孩,不过我被告知她已六十多岁了。她转过身,我看到她的脸上满是皱纹和色斑,嘴唇发白。

"猪油,"我的同伴说,"她全身都涂满了猪油,嘴唇更是特意用猪油涂白的。"

我问她为什么要这样。

"这男人是养猪的。他爱猪,但他老婆不准他用那玩意儿弄猪后面的那个眼儿。他来我们这儿寻求帮助,我们在惩罚他的邪念。看吧。"

我把眼睛凑到帘子后面,看到那男人身上被烙下了一头发情的猪的图案。他痛苦地呻吟着,但当侏儒女人用高温未退的叉子齿把他翻面的时候,他的那玩意儿已在他面前欲望勃发地肿胀坚挺起来。我听见哼哼的鼻息,一头猪被赶进了房间,惊惧地到处撒野。男人跳到猪身上,飞快地把猪夹在他的双腿间,深深地插入,以延续他的快乐,与此同时,侏儒则再次加热铁棍。

"这是满足欲望的惯常方式吗?"我问。

"这里没有惯常的方式,"她说,"只有反常的方式。这些男人是上帝的选民,你不知道吗?上帝的选民当然有资格享乐了。"她狰狞地笑了,告诉我这个人是克伦威尔的狂热支持者,将会在那天早上死去。

"你们只跟清教徒做生意吗?"

"我们跟需要我们的人做生意,你难道没见过他们被单上的洞吗？"

我说我没见过，但我从教区牧师斯科罗格斯的妻子那里听说过。

"我们这儿可不缺牧师，"她说，"你看。"

她将我带到另一扇门前，打开帘子。在一张低矮的床上，有个女人正以正常的姿势被进入，但那个男人身上还有另一个男人，像一只甲虫依附在木筏上，忙着进入后面那条通道。

"这个女人得承受多大的重量啊。"我喊道。与此同时，那两个男人坐了起来，开始互相拥抱，为彼此擦去脸上的喷射液体。

直到那时我才认出他们来。

"那是斯科罗格斯牧师和我的邻居菲尔布雷斯。"

我的同伴伸手捂住了我的嘴，然后把我拉进一间私密的房间，那里早已为我俩摆上了蛋糕。我向她解释了我与这两个不知羞耻的害虫之间的过往，问她是否可以为我搬运尸体的辛劳讨要一份回报。

她说可以，于是，斯科罗格斯牧师和菲尔布雷斯下次光临妓院的时候，发生了这样的事情……

那是个晴朗的夜晚,天气暖和,一轮皓月在云朵间清晰可见。在过去的几天里,我在墙上装了个回旋板,把自己固定在板子的一侧,等待我的客人到来。

斯科罗格斯穿着一件紫色睡衣先进来了。随后,菲尔布雷斯穿着一件类似托加袍①的衣服也进来了。他们要扮演的是断交前的恺撒和布鲁图斯②。我几乎无法自控,但还是等了很长时间,直到菲尔布雷斯那可怕的玩意儿在裙子下勃起,我才冲向墙壁,让回旋板把我弹进了房间里。两人惊讶无比,失声尖叫,但他们都没认出那是我,只是看到一个穿着死刑执行者制服的巨人。我的舞台就是执刑人的刑台,那上面的垫头木是我亲自雕刻的,斧子不到一个小时前刚被磨过,在蜡烛光下依旧闪着寒光。

"我是来埋葬恺撒的,不是来奉承他的。"我选了这句不记得是哪个剧作家写的台词作为开场白。

那两人紧张地笑了起来,菲尔布雷斯说他们可没有付钱买过任何增值服务。

"那你现在就可以付钱偿还了。"我说着,走了下来,朝

---

① Toga,古罗马人穿的宽松长袍。
② Marcus Junius Brutus,罗马帝国晚期著名政治家,曾领导过刺杀恺撒的行动。

他挥动我的斧子。我故意没有击中他们,而是将床劈成两半,好让他们有机会见识一下这东西有多锋利。

"请继续你们的快乐吧。"我以一种优雅的姿势挥了挥手。

斯科罗格斯伸手向上想要拉铃,但就在他正要这么做时,我砍断了线,也劈掉了他的一根手指。我从未见过有人会为这点小伤如此剧烈地扭动和尖叫。

菲尔布雷斯毫无忠诚可言,在背叛这一点上却酷似布鲁特斯。他想从窗口逃走,但我立马就砍掉了他的一条腿,让他单脚打转,求我宽恕。

我摘下面具,让他们好好看着我。

"斯科格罗斯牧师,请你到垫头木上来吧。"

他不愿意,于是我不得不亲自将他押到那儿,系在套索上,那是我为防出现这种懦夫行为而特地准备的。

"想想国王吧,"我说,"他靠在垫头木上,就像待宰的羔羊,却一句话都没说。"

之后发生的事情没太费周折,因为我并不是一个虐待狂。我干净利落地一挥,砍掉了他的头,将他的身子从垫头木上踢下。

这时，菲尔布雷斯正在角落里啜泣，宽大的外袍被粪便弄脏了。

"好一副光景啊，"我冷笑着说，"你在为你的腿哭泣吗？我会把它拿过来，与你的身体团聚的。"

我从窗边取回他的腿，递还给他，但他哭得更大声了，还求我放过他。

"我不会放过你的，"我说，"我宁可放过那些将会跟你有来往的人——你死了，他们也可以松口气了。"

于是，我抓住他的脖颈，像小猎犬对待老鼠那样将他拎起，然后把他扔到垫头木上，他失去了知觉。失去知觉对他来说其实更好，因为我的斧头有些钝了，我不得不连砍两下才完全砍断他的头。

完工后我打开了门，一群绅士迫不及待地涌进来，热切地想要在这堆残骸间嬉戏。

我回过头，看见一位绅士已经在剩下的那半张床上占有了斯科罗格斯。他从后面骑着插入他，整个过程一直都在狂热地亲吻着那颗断了的头。

我再次来到那个我曾为了爱情而清洗身体和全部衣物的水泵下，脱掉衣服，将自己完全泡入水中。我不想留下任何那两个邪恶之人的痕迹。洗完澡后,我赤裸着走回家,在幽寂的火光中烧掉了穿过的衣服。没有人看见我。有工作在身的时候,我可以像天使一样隐身。

时间的本质

根据我的经验,时间就像地图一样。它是平的,大致呈直线状,从一个点移动至另一个点。在时间里存在,在持续的现在时里存在,就像是盯着一幅地图——看不见隆起、形状和起伏,只能看见那些扁平的形态。没有维度,只有对平面的感受。而思考时间则更加陡峭,令人晕眩。

思考时间就像是在一圈一圈地转动地球仪,意识到所有的旅程都同时存在,身处一个地方并不会否认另一个地方的存在,即使那个地方无法被感知或看见——而感知和看见正是我们确证的标准。

思考时间就是认可两个对立的事实：我们的外在生命为季节和时钟所主宰，而我们的内在生命则被远没有那么规律的事物统治——一种能够突破日常时间限制的想象动力，它让我们自由地无视此时此地的界限，像闪电一样穿越纯粹时间的圈线，也就是宇宙之环，以及任何包含或不包含在其中的事物。

在日常时间的规则之外，不存在与存在一样确切。我们不能谈论宇宙所涵盖的所有事物，因为如果那样做，我们会将宇宙化为有限，而我们从某种途径中得知——我们并不能证明——宇宙是无限的。因此，对我们来说，宇宙中不包括的事物与包括的事物同等重要。总会有那样一个时刻（尽管它肯定不只是一个时刻），我们会认识到（尽管认知将不再与存在有所区分）我们自身是我们所遇见的一部分，而我们所遇见的已是我们自身的一部分。

迄今为止，宗教对此的描述胜过科学，但现在物理学与形而上学似乎说的都是同一回事。世界是平的也是圆的，不是吗？我们梦想着在时间中来回穿梭，尽管不断重申这些话使这梦想变得毫无意义，因为它暗示时间是线性的，而如果是那样的话，就不可能有运动，只有向前的进程。但并不是我们穿越时间，是时间穿越我们。我这样说，是因为我们的身体有自然衰败的过程，身体是在我们周身逐渐崩坏的一次性装置。每个人都对此感到惊讶。尽管我们在父母和朋友身上都见到过这种衰败，但我们在自己身体上发现时依然会惊讶。每次我们谈论"我的身体"而不是"我"时，我们最凡俗的部分就揭示出一种对内在世界的信仰。我们感受到身体是必要的一部分，但又绝非是组成我们真正自我的一部分。语言往往会背叛我们，我们想说谎的时候，它道出了真相，我们极力想要精确表达时，它却消解在无形之中。所以我们不能在时间中来回穿梭，但我们可以用不同的方式体验时间。如果所有的时间都是永恒的现在，那么我们就没有理由不去从一个现在步入另一个现在。

内在的生命告诉我们，我们是多重而非单一的，一个存在其实是数不清的许多存在，就像那些手牵手的连排剪纸娃娃，但与它们不同的是，我们的存在没有尽头。当我们说"我以前来过这儿"的时候，我们的意思也许其实是"我现在在这儿"，但正在另一种人生、另一个时间里，做着别的事情。我们所有的人生可以像服务员手中的盘子那般堆叠在一起，只有最上层的那一个可见，但其余的一直在那儿，一不小心我们就会发现。

我们纯粹时间的内在生命根据每个人传导率的不同，运行得或快或慢。就像某些金属或合金，在适当降温时能引导电流而不产生任何热量，因此不会消耗它们携带的任何能量，有些人也是时间的超导体。在体验我们通常理解的时间的同时，他们可能也在体验着时间更为宏大、包罗万象的维度，因此他们接触到的也就不仅仅是现在。用科学的术语来说，艺术家与领袖便是超导体。

我们的传导率很可能是由先天或习得的一种能力所决定的，这种能力能将前景变成背景，致使日常干扰不再消耗我们的能量。圣人与冥想者曾试图通过从这个世界引退来到达这个境界，这需要绝对、忘我的精神集中。欲望、谵妄、冥想，甚至灵魂出窍——我们用这些词来描述超导体的强化状态。确实，与狡诈的赝品完全不同，真正艺术的衡量标准在于它有能力将我们带到那些艺术家曾到达的地方，带到那些我们不用受重力影响的另一个地方。当我们被这艺术吸引时，我们就从自我中脱离。我们不再为物质所限，而物质也回归到其本真状态：真空与光。

真空与光。对我们来说，真空便是无人居住的空间。夜里蓝黑色的大海，在天空的弧线下呈弧线延展，清一色的蓝黑，上面别着永远无须擦拭的银色星辰。北极，那儿的白雪是一片空无的白，拒绝任何视线的聚焦。森林、雨林和从岩石的空隙间咆哮而下的瀑布。沙漠像是燃烧的火焰。绘画向我们展示光影是如何影响我们的，因为生活在光线中，就是生活在时间里，而同时又意识不到它的存在，除非其存在极其明显。绘画便是像罐中精灵一样被捕捉和保存的光线。能量将永远封存于此，汇集凝聚，无法消散。

静止的生命是舞动的生命。光的舞动的生命。

画作1：《森林中的狩猎》。夜里的森林。一群穿着彩色短外衣的男人正骑着烈马。狗在吠叫。距离越拉越远，骑士们越来越小，直至消失。乌切洛①。视角的降临。

---

① Paolo Uccello（1397－1475），意大利画家，后哥特派重要画家。

观赏这幅画时，我的注意力首先集中在前景的人物上，过了一会儿我才注意到其他人物，其中有些极为模糊，几乎无法辨认。

我的人生也是如此，或者我应该说，我所有的人生。大部分时候，我看到的只是最明显的细节，现在，我的现在。但有时候，借助光的戏法，我能看到更多。我能看见无数种人生汇聚在一起，缓缓消隐在树林里。

时间4：我的童年发生过吗？我必须相信它存在过，却又找不到任何证据。我母亲说有的，但她是一个幻想家，一个骗子，一个凶手，尽管这一切都无法阻止我爱她。我记得一些事情，但我也是一个幻想家和骗子，不过我还没有杀死过任何人。

我还可以问其他人，但如果我不相信他们在法庭上的证言，我能在更严肃的问题上相信他们吗？我将不得不假装自己有过童年，却不能假装我有过自己能记得的童年。

人们会记得从未发生过的事情。而常识是，人们总会忘记他们做过的事情。要么我们全都是幻想家和骗子，要么过去本身就没有任何事情是确定的。我曾听人说是我们的童年塑造了我们，但是，是哪个童年？

今天绕着小岛散步时，我发现了一个堆满旧芭蕾舞鞋的深坑。鞋的缎带布满污迹，脚尖处磨出了洞。我穿过从深坑通往矮山的小径，沿着密布有蓝色岩石的山脊向前走。很快，我就来到了一座漂亮的房子前，它与四周荒凉的景色格格不入。我拉响门铃，但无人应答。我决定一探究竟，便爬上房子的侧面，试着从顶层的双排窗进入。里面的房间铺着木地板，没有家具，但每个房间都有一个很大的火炉，每个火炉里都有零星余烬或烈焰火光温暖着房间。

不久后我听到了一些声响，像是音乐，但又不像任何我听过的音乐。我循声走到一扇看起来插着门闩的双开门前。门的上方有一扇玻璃窗，我小心翼翼地向上爬去，在门把手上保持住身体的平衡，向里窥视房间。

我为自己看到的景象感到震惊。

房间里有十个光点，呈一条直线沿着地板盘旋上升，我听到的声音就来源于此。那声音虽音调和谐，却没有旋律。我无法直视那些光点，而那音调尽管并非令人不悦，却仍让我的耳朵感到难受。你无法把它称作音乐，因为它太丰富、太浓烈了。

接着,我看见一个年轻的女人,绕着"8"字在光线之间疾速舞动,双手穿过光线旋转着,像一位陶艺师摆弄着转盘上的黏土。最后,她往后一站,我便看见那些光线一个接一个地变出了头、手臂和双腿。慢慢地,声音伴随着光消失了,地板上出现了十个女人,她们穿着破洞鞋,身体被汗水浸湿。

我从门把手上掉了下来。

等我醒来时,我发现自己身处一个十分窄小的房间里,靠在火炉旁的一张椅子上。在我对面,是我在那次晚宴上第一次遇见的那个女人,她表情专注,面带微笑。一切仿佛发生在多年以前,又像是才过去几天。

"我叫约旦。"我说。

回忆1:我刚刚向你描述的场景可能在过去也可能在未来。我或者已经找到了她,或者将会找到她。我不能确定。或许我正在回忆她,或许我还在想象她。但她就在时间网格上的某个地方,一个坐标,跟我一样。

"我名叫福尔图纳达,"她说,"这是我看见的第一件事:

那是在冬天,大地坚硬而洁白。篱笆上还有晚谢的玫瑰,艳红而狂野,墨绿的冬青树上挂着亮闪闪的浆果。每天都在下雪,积雪如密实的帷幕,掩盖了任何来往屋子的脚印,让我们相信没有人会来或曾来过这里。一天,一只知更鸟来到我窗前,立即被雪淹没了。我用茶匙将它舀出来,它就飞走了,抖落着身上的雪花,好似摆脱翅膀上的枷锁。厚实的积雪让我们发出的声音沉闷无响,我们潜行,仿佛一道无言的禁令,我们交换着眼神,惊讶于大家竟然还在花园中——在那儿,我们缓慢移动着,每一步都要带起一英尺高如沙丘般的雪。

"天越来越冷,积雪变得越发坚硬,于是我们在雪堆里雕刻起那些《圣经》里的场景和希腊的英雄。

"那是我和我的姐妹们出嫁的那个冬天。我们全部出嫁,十二人都在同一天,就是新年那天,我们全都披着乌黑的长发,穿着血红的裙子。

"我们决定在花园里用冰雪建一座教堂。冰割伤了我们的手,鲜血染红了雪,像是篱笆上的野玫瑰。我们沉默地工作着,一天只有两次间歇来吃饭,天黑了就点燃火把,以便继续工作,无视白昼的短暂。婚礼前的那天,教堂建成了。

那晚是我们作为姐妹在一起的最后一晚，我们像往常一样睡在排成一条长长直线的单人床上，盖着白色的床单和毯子，仿佛在雪中入睡。过去，我们就是从这个房间出发，飞到那座昼夜不分的银色之城。在那座城市里，我们尽情跳舞，完全不去理会出发之地的黎明的到来。

"婚礼那天，天一亮我们便穿好了红色礼服，散开了黑发。一切就绪之时，我们锁好那些曾经作为逃跑通道的窗户，排成一列，离开了卧室，穿过大理石台阶，来到那座冰封的教堂。我们在槲寄生树枝下一个接一个地成了亲。我是最后一个。轮到我的时候，我看着我未来的丈夫，那位最小的王子，那个偷偷尾随我们、发现我们秘密的人。我不想要他。

"抓住最后一刻的机会，我推开了他，穿过一群群嘴张得像鱼一样大的客人，跑出了教堂。

"我上了一艘船，周游世界，以跳舞为生。最后我来到这儿，建了这所学校。我从不宣传。人们找到我是因为他们想找到我，就像你一样。"

"我见过你的姐姐们。"我说。我告诉她她们在某处重新一起生活，还讲述了她们各自不同的离婚故事。

"但她们告诉我的有关你的故事，与你说的有所不同。你逃走了，没错，但她们说你是飞走的，然后沿着紧绷的绳索，从教堂塔尖走到了海湾中正要起锚的那艘船的桅杆。"

她笑了起来。这种事情怎么可能？

"但是，"我说，"每晚从窗户里飞往一座魔幻之城，这样的事情又怎么可能发生？根本就没有那种地方。"

"真的没有那种地方吗？"她的反诘让我陷入沉默，不知如何应答。

谎言8：那不是她看见的第一件事，那件事的本来面目又是怎样的呢？那个雾气笼罩着田野的夜晚，同样不是我看见的第一件事。但在那之前，我们做着梦穿过生活，如同一连串影子。因此，我们告诉你的都是真的，即使它并非如此。

在我已经告诉过你的那场大雪发生之前，我和我的姐妹们夜复一夜地飞出窗户，去那座奇幻动感的银色之城跳舞。那城市本身就在跳舞。它给人一种在船上、在风口浪尖从一端被抛向另一端的快感。

最初，城里没一个人跳舞。他们跟世上其他人一样，缴税，养孩子,吃饭睡觉。那时,这座城市也跟这世上其他地方一样,看上去是静止的。当然,有些聪明人知道世界处在无休止的运动中,但他们感受不到,所以就忽视了这一点。

仲夏,当垂死的太阳将蓝天染成橘色时,运动开始了。最初不过是一次颤动,接着是剧烈的波动,每个人都跑着把银器收进盒子里,把狗拴好。

夜间,变化仍在持续。虽无人受伤,但此地的医生还是发出书面警告,让那些有假牙的人拔掉假牙,以防突然哽噎而死。那些谨慎的人也脱掉了假发和假肢,很快,市政大厅的地下室便塞满了人们的闲置物品。

数周过去了,人们意识到这场地下运动既没有停止也没有加剧,少数勇敢的市民便试图尽可能地适应这种情况,将绳子从一点系到另一点上作为支撑,好让他们继续日常生活。不久,所有人都开始努力适应天旋地转的新环境,并发现解决这个问题最好的办法就是在绳子上保持平衡。于是,绳子不再作为支撑,而成了人行道和马路。每个人,即使是那些将自己的假肢堆在市政大厅的人,都成了杂技演员。他们打着五颜六色的雨伞以保持平衡,穿着柔软的鞋子从家里走到他们常去的地方。

几个世代过去了，没人再记得这座城市曾与其他城市一样，人们也不再记得，地面才是更适合人居住的地方——房子都建在树顶上，鸟儿因为隐私被侵犯而感到厌烦，便飞到了更高处，在云端叽叽喳喳叫着。

随着市民们日益习惯悬空生活，行走便变成了跳跃，跳跃又变成了舞蹈，因而只要能在光影处扭动肢体，无人再愿意不动声色地行走。

然后发生了一起事故。

一个年轻的女孩沿着一条光滑而破损的绳索回家时，失足从空中跌落。在场的人都发出惊恐的呼喊，但小女孩却没有落到地面粉身碎骨，而是飘浮了起来。

经过几个简单的实验，大家证明了一个事实——抛弃地心引力的人也会被地心引力抛弃。所有人都欢欣鼓舞，从那天开始，再没人为地面或坠落担心，不过，大家仍觉得有必要在房子里装上天花板，用来安置水晶吊灯。

现在我已经告诉了你这座城市的历史，它是合乎情理的，每一段都与另一段相互融合，没有半点儿勉强之处。我确定你肯定会相信这些如此可信的事，所以，我将继续讲述我们每晚来到那座城市时发生的故事，以及我们是如何悲伤地发现……

摆脱地心引力之后，城市开始向上飘升了大概两百英里，直到飘出了地球的大气层。它在非洲上空停留过一段时间，然后便开始从容地绕着地球打转，从不在一个地点停留太久，在某种程度上，它更像是一个离岸漂游的岛屿。市民们制作巨大的支杆，以便在遇见星星和陨石时把自己推开，他们就是用这种方式把这座城市当作木筏，载着他们去任何想去的地方。但他们有所不知，全体市民奋力推动支杆时的力产生了一股反作用力，那是一种一旦被唤醒就能将任何事物吸收的真空。这种力量极其强大，于是全世界都流传着这样的故事：从格子桌布上整个消失的野餐，再也没有出现过的小孩子。

这些市民们总是对那些因他们的运动而被吸来的事物善待有加。他们吃掉食物，照顾好孩子，然后继续航行。

我和姐姐们向来都很瘦。我三姐出生的时候多亏了脐带，她才没有一头撞到天花板上去，否则，她从子宫出来后就会直接升到天上去。

我的五姐同样纤瘦，直到十二岁，她还能骑在我们家猫的背上。

当然，我们后来被养胖了点，也穿上了厚重的衣服。但晚礼服并不重，我们跳舞的时候，总能引得所有人的羡慕，因为我们的脚几乎从未触及地面。幸好裙子很长，没让人发现其实我们真的在飘浮着。

因此，尽管那座没有重量的城市在飘到我们的上空时隐藏得很好，我们还是首先感受到了那股反作用力。那天夜里，我们发现自己被拖拽出了床铺，像一打苍蝇一样猛烈地撞击着紧闭的窗户。

我们商量了一会儿该怎么办，最终确定只有两种可能的解决方法：要么压住自己以防被继续拖拽，要么放开胆子去面对任何可能会发生的事情。我们不约而同地选择了后者。接下来的那晚，我们穿着晚礼服躺在床上，等待着。

大约子夜一点，当父亲的鼾声震得房子咯吱作响的时候，窗户滑开了，我们抓住彼此的辫子，被牵引着穿过窗户，很快就到达了城市。最初的惊愕过后，我们加入了舞蹈，嬉戏至破晓时分。

到那时我们才发现了第一个、也是唯一的一个难处。

我们该怎么回去呢？

在几次毫无结果的讨论之后，我突然想到西哈诺·德·贝热拉克①曾试图通过攀附在一种能以其磁性被月球吸引的金属之上，将自己发射至月球。在我看来，因万有引力而下沉的地球，很有可能会将铅吸附过去。想到这点，我们往靴子里装满了铅，坐到一张如阴郁魔毯般的铅制被单上，示意人们将我们推走。他们含着泪照做了，确信再也不会见到我们。

他们错了。那些铅好用极了，我们在自家背后的教堂尖顶上着陆。从那儿，我们可以毫不费力地跑过几排烟囱，沿着紫藤往下爬到床上。

幸福时光一夜一夜地继续着，直至父亲开始觉察到我们苍白的脸和疲惫的眼，派人监视我们。但我们都很精明，无论谁当值，都会被我们下药迷倒，而我们则像往常一样继续。所以，当我父亲宣布任何一个找到我们晚上行径的人都可以娶走我们中的一个时，我们的恐惧可想而知。

不出所料，世界各地的王子们都来了。他们大多数都很

---

① Cyrano de Bergerac（1619 – 1655），法国路易十三时代的知名人物，作家、哲学家。关于这个人物流传着许多传奇故事，法国著名剧作家罗斯丹曾以其为原型创作了同名五幕剧。

好骗，我们也变得有些自满。

所以我们落得了这样的下场。

飘浮城市的人那时曾告诉我们，他们是时候要在另一个地方落定了，问我们要不要永远跟他们住在一起。我们同意了，并计划在庆祝一夜之后溜回家，拿一些个人财物，再及时回来，从此永远飘浮在太空中。正是那一晚，那位狡猾的年轻王子识破了我们下的安眠药，在我们飞走时抓住了我们的裙子。他既瘦弱又不显眼，藏在灯笼和树木之间，没人看得见。我们坐着铅毯子回家的时候，他就像只甲壳虫一样黏附在毯子下方。

第二天晚上，正当我们高兴地准备离开时，房门被撞开了。我的父亲闯进来，火把照亮着他，身后围着仆人。

我们无处逃遁。为了控制我们，他们锁住了我们的脚踝。而那位王子则带着他的十一个哥哥住了下来。

此后的日子，我们常常望着天空，想象着自己本可能会去的地方，又意识到我们现在身处何方。

这个故事剩下的部分，你都知道了。

我和福尔图纳达相处了一个月，对她有了更深的了解，也知道了一些和自己有关的事情。她告诉我，这么多年来她一直渴望着被拯救，渴望着能属于另一个人，渴望着与人跳舞，后来她学会了独自舞蹈，学会为舞蹈而舞，为自己而舞。

"那么爱呢？"我问。

她摊开手，给我上了一堂简短的、关于海星生活习性的课。

后来，我把脖子上的金属挂坠取了下来，给她戴上。她把它举到眼前，朗读着上面的铭文："你们要追想被凿而出的磐石，被挖而出的岩穴。"

她笑了起来。"那你的翅膀呢？"她说，"你肩胛上还有断翅，怎么就把它们给忘了呢？"

我什么都没说。在《圣经》里，只有天使有翅膀，我们其余人都需等待救赎。

画作2：《圣尼古拉平息风暴》。蓝黑的海上有一艘小船。风暴大作，四位圣徒惊慌失措地挤成一团。船的下方有条大鱼，船的上方，圣尼古拉穿着正装，戴着法冠，被群星环绕着，从天而降。

我准备离开了。福尔图纳达不会跟我一起走,而尽管我的一部分仍属于荒野,我也不能待在这儿。我以为她可能想去旅行,但她告诉了我一些我已经知道的事实——她不需要离开小岛便可以见识世界,她心里已经有足够多的海洋和城市。如果我们所有人和她一样,都能拥有这种心智和能力,那么很可能这个世界、月亮和星辰也都是心灵的产物,尽管那种心灵比我们各自的心灵都要宽广得多。只要有人正想着我,我便仍是自由的。这多思的宇宙不会像是一盘棋,它将是一座不断更换布景的剧院,在这里,只要我们愿意,就可以穿过墙壁。而我们不这样做,是为了忠于我们对戏剧的感受。

小时候,母亲曾带我去看过一个非常新奇的东西。我想那大概是在一六三三年,在此之前,英国从未有过香蕉。我看到它被高举过一个男人的头顶,黄黄的、泛着黑斑。透过它,我看见群鸟展翅、掠过树林、沙滩和白浪。这情景很快被我完全抛在脑后。但后来,当我钻研航海术、探索珍奇植物时,我试图重归那份记忆，释放它已然在我身上启动的东西。

当特拉德斯坎特邀我一同探险远行时，我以为我终究会成为英雄，带回些重要的东西，并在此过程中找到我遗失的事物。很难描绘那种遗失的感觉。既然我从虚无开始，又有什么可失去的呢？

我从我的自我开始，这就是我所失去的。我将它丢失在母亲那儿，因为她比我更高大更强壮，那并不是做儿子的所期望的模样。但更为重要的是，我将自己丢失在理想中的自我和我跳动的心脏间的缝隙里。

我想变得勇敢、受人尊敬，想要一位美丽的妻子和一幢漂亮的房子。我想成为英雄，在码头上与妻儿挥手告别，为离开他们而感到难过，但更为即将到来的一切感到兴奋。我想成为另一个人，一群男孩子中的一员，一个热切明快的人，一个知道几个笑话的男人。我想成为我大嗓门的母亲那样的人，完全不在乎自己的容貌，只专注自己在做的事情。她从未陷入爱河，从未，她也从来没有希望过如此。她自给自足，从不自我怀疑。离开前，我带她沿着泰晤士河驶向大海，但我不知道这是否给她留下任何印象，甚或她注意到了多少。我们从不过多交流。她很沉默，那本是男人应有的样子。我常发现她在注视着我，就好像她从未见过我一样——她看起来像是在琢磨我。我想她是爱我的，但我不知道。她从未这样说过，也许就连她自己也不知道。当我离开时，我想她应该感到获得了解脱，因为她可以继续她以前的生活方式，跟她的狗、挖泥人和她喜欢的妓女们待在一起。甚至在特拉德斯坎特说起这件事时，她也只是起身外出散了个步。她忙着想自己心里的事情，但我却被伤害了。

我们从未讨论过我是否该走。她理所当然地接受了，甚至好像期待着它能发生。我希望她开口让我留下，就像现在我希望福尔图纳达开口让我留下一样。

为什么她们没有这么做？

对于特拉德斯坎特来说，成为一个英雄是理所当然的。在他之前，他父亲就是个英雄。在任何地图上都能找到他的旅程轨迹，他也知道自己要找什么。他想要带奇珍异宝回国，他也做到了。

我们的船正在离这个小岛几英里外的地方起锚，上面装满了水果、香料和新奇的植物。等我们回家，男人和女人们会簇拥着来问我们的所见所闻，我们的讲述也会越来越奇特。但那都会是真的，而与此相反，如果我开始讲述我到过什么地方，或者我认为我到过什么地方，谁又会相信我？如果我还是男孩，这还可能会被容许，但我已不再是男孩了，我是个男人。

我坚持写航海日志，写得非常细致。我还有一本自己的日记，每次我们一起完成一次航行，我就会记录下我自己的旅程，画好我自己的地图。我不能把这个本子给别人看，但我确信它忠实地记录了发生的事情——至少，是发生在我身上的事情。

我们都是这样生活的吗？两种生活，理想的外在生活，以及我们不愿示人的内在想象生活。

奇怪的是，我航行得越远，这两者之间的距离也就越远。对特拉德斯坎特来说，航行是可以完成的。它们自在地占用着时间，也或多或少能被预知。但起程后我便发现，即便是最简单的心灵之旅也没有尽头。我一旦开始，便有一百条不同的路线呈现出来，我选择其中一条，而后没多久，便又出现一百条路线。我每次都试着缩小我的目的和意图，结果却总是将它扩展得更大。而当那些海峡与运河仍将我引向开阔的大海时，我便意识到心灵的世界是多么浩瀚无边。这闪耀的水，这世界的尺度，让我惊讶而不知所措。

佛教徒说通往神的道路有一百四十九条。我并非在寻找神，只是在寻找我自己，而这更为复杂。有很多关于神的撰述，但关于我的撰述却寥寥无几。神更为高大，像我母亲一样，很容易就能被找到，即使在黑暗中也是如此。而我则可以身处任何地方，且因为不能描述自己而无法寻求帮助。在这样的探索中，我们是孤独的，福尔图纳达对此并无掩饰，她是对的，尽管关于爱，她可能是错的。我遇到过很多朝圣路上的使徒，疑惑于他们为什么要寻找神而不是他们自己。也许我误解了他们——也许在寻找别人的时候，你也会和自己不期而遇，在某处花园，或在某座山上观雨的时候。但他们似乎并不在意自己是谁。他们中有个人曾告诉我，寻找神的最终目的就是为了忘却自己，永远地丢掉自己。但丢掉自己并不难啊，或许他们讨论的仅仅是自我意识，那个空洞的、尖叫着的、没有灵魂的行尸走肉？

我认为那行尸走肉不过是理想自我走向了疯狂。如果另一种生活，那种隐秘的生活能被找到并贯彻实施，那么人们就有可能生活在平静之中，不再需要神。毕竟神本身就是完整的，神不需要我们。

我收好条纹包,把那件被福尔图纳达挂在钩子上的外套取下来。她来给我送行,我们一起站在船边,那艘船仍然停泊在高高的山谷里,与岩石交错。

她的头发披散着,几乎到了腰部。她看上去平和宁静。

"以后我会回来的。"我说。

她微笑地看着我,什么都没说,而即使我这样说着,我也知道这不是真的。她将会逃开我,她和这座小岛将会在某一刻悄悄溜走,我将再也找不到他们,除了在梦中。

我把东西扔进船里,用肩膀将船推入水中。远处的那个黑点便是特拉德斯坎特的船。他不能再等了。

她和我一起蹚入水中,直到水深得打湿了她的发梢。她双手捧住我的脸,吻我的唇,然后转身离开。我看着她走回去,穿过沙地,爬上岩石。我开始划桨,以她的身体作为路标。

我将一直如此。

菠萝今天到了。

约旦将它抱在怀里,好像它是个黄色的婴孩一般。他带着所罗门的智慧,准备将它切成两半。他还没把刀磨锋利,皇家园丁罗斯先生就抢着躺倒在桌上,祈求说不如把他剁成碎片。参加宴会的人笑得脸都歪了,戴着新假发的国王从台上走下来,要求罗斯先生推迟他的牺牲。毕竟,那只是一个水果。这时,罗斯先生才放弃他的念头,在盘子间抬起头,提醒同伴说这是一个历史性的时刻。确实如此。那是一六六一年,约旦从巴巴多斯①之旅中为英国带来了第一

---

① 位于东加勒比海小安的列斯群岛最东端。

个菠萝。

如今，特拉德斯坎特死了。克伦威尔死了。艾尔顿和布拉德肖，这两位经常被发现一起待在脏毯子下、杀死了国王的刽子手也死了。约旦载着他的黄色货船离开了太久，错过了一场好戏。克伦威尔、艾尔顿和布拉德肖以为他们会在威斯敏斯特教堂安息，那是推翻他们合法国王的圣洁之地，不料在一月三十日那天，他们的尸骨被挖掘出来，悬挂在泰伯恩①的绞刑架上供所有人参观。那一天，所有人都不得不在手绢上喷上香水。不是每个人都像我一样体格健壮。成千上万的人涌到此处观看三人残留的尸骸在风中飘荡，腐烂侵蚀着他们的肉体，也没有放过他们的名声。人们见到这一切后都很高兴，有一些人甚至在他们白骨突显的脚下方摆起了摊子，贩卖苹果和热饼干。一个带着星冠的吉卜赛人提供算命服务，但她看了我的手相之后，却转头他顾。我没有气馁，在这个生满麻子脸的世界上，我一人足以创造自己的命运。

---

① Tyburn，旧时英国伦敦的刑场。

然而，坐在泰伯恩，看着路人的欢欣与惊奇，尤其是那些甚至还没有想过腐烂意味着什么的小孩时，我萌生了些许哲思。

腐朽是普遍的经历。我们都会腐朽，包括我自己，尽管我在想那得需要蠕虫尽多少力才能产生一点效果。

菲尔布雷斯和斯科罗格斯死了。那天晚上，新鲜肢解的身体可供收购的消息一传开，史派特妓院的姐妹们就赚了一大笔钱。现在妓院没有了，我的朋友死于疾病，其他姐妹也像别的女人一样消失了。

我想念特拉德斯坎特。他死前曾留给我一个装着毒蛇的瓶子，好让我想起我们一起向所有毒蛇恶棍发动战争的快乐时光。我希望他能看到挂在绳索上的这堆脏东西，见到这个世界上仍然有正义存在，他会很高兴的。

我的那位巫婆邻居还没死。她比我捡到约旦的那个时候更瘦小了，如今大概只有小猎狗那么高，也有着小猎狗一样灵敏的眼睛和耳朵。她在这些年里的屡次战乱中失去了自己的房子，但我已将狗屋借给她颐养天年。她的所作所为并不值得我这样仁慈，但这是我该受的重担和惩罚。她仍然坚称自己能预知未来，我经常看见她在我的西洋菜菜地里沉思，研究牙齿更替的规律。

特拉德斯坎特死后,约旦接替他继续海外的征程,他绘制航线,甄别各类奇珍异宝。我总会收到他的礼物,也一直相信他会回来,但他已经在海上漂了十三年……

将尸体挂上绞刑架的那个黄昏,我们的新国王查理二世的士兵来了。他们放下尸体,将它们扔进绞刑架下方的大填坑里,那个腐臭的地方早已堆满了渗满汗液的恶臭尸骸。那三个人的头被砍了下来,挂在威斯敏斯特教堂的尖顶上,此举让来往的行人心情舒畅了不少。

至于那其他四十六个签订了国王处决令的人,有四十一个在一六六〇年新国王回归时仍在世。我总觉得我们的民族过于文明,尽管我心地温柔善良,但当我看到四十一人中只有九人为他们一致应允的谋杀得到应有的惩罚时,我还是感到遗憾。

那九个人与克伦威尔关系亲密,他们先是被吊个半死,然后在仍然清醒时被挖出肚肠,肢体四分。如果他们在遭受折磨的过程中显现出晕厥的迹象,便会被醋和丁香油彻底弄醒,有时还会被泼上几桶馊水。我本来想捡点肠子或别的内脏给约旦做纪念品的,但就在我拎着袋子往前飞奔时,却被告知一切残骸都是国王的财产。如果特拉德斯坎特还活着,他一定会帮我一把。结果,我不得不作罢,只好在脑海中记住自己目睹的一切,到了晚上,我终于幸运地找到了一只完整的胆囊,里面还夹着石子儿。我把它放在床边,紧挨着那条毒蛇。

约旦离开的那段时间,在妓院里的长久流连让我发现,男人的那玩意儿如果被咬掉或用别的什么方式切掉,就不会再长出来了。这显然是大自然的重大疏漏,因为男人对他们的那玩意儿向来不上心,总是想都不想就把它放进任何地方。如果没有发现更好的地方,我打赌他们会将那玩意儿塞进墙上的洞里。

我的确跟一个男人有过性关系,但很难说我有什么感受,尽管我已让他塞到了最深处。他呢,趴在我身上,脸埋在我的双乳之间,抱怨说感受不到我阴道壁的摩擦,感觉就像蝌蚪游进了陶罐。他很有经验,让我试着收缩肌肉,也许这样就能让我更贴近他的阳具。我深吸了一大口气,用尽所有的力气去缩紧挤压,却只听见一阵像是空气快速流窜过隧道的声响。我抬起双肘往下看,发现我已经将他吸了进去——他的睾丸和他整个人。他被卡住了。我灵光一闪,拉动响铃叫来了我的朋友和她的姐妹们。她们用撬棍将他撬了出来，用香甜的热红酒安抚他，而我则给他唱了一首关于产卵期鲑鱼的毅力的歌谣。他是个很殷勤的绅士，提出用另一种方式取悦我，因为我是第一个没能让他上成的女人。于是，他像雪貂一样钻到下面，试着用他的嘴服侍我，我对此颇为享受，也没有什么东西被咬掉。但不久他便抽出头来，疲倦地看着我。

"夫人，"他说，"很抱歉，我祈求你的原谅。我办不到。"

"办不到？"

"办不到。我的嘴含不住那个橘子，它太大了，放不下。我的舌头也舔不到它。您太大了，夫人。"

我不知道他描述的是我身上的哪个部位，但我挺同情他的，便又给他倒了些酒，陪他聊了会儿天。

等他走后，我向后蹲坐在一个枕头上，分开我那丛毛发，想看看到底是什么让他如此困惑。所有的一切在我看来都很协调。这些绅士都太胆小了吧。

我还是个女孩的时候，曾听见我父母做爱。我听到父亲平稳的哼哼声，我母亲则一片沉默。后来母亲告诉我，男人在性爱中得到快乐，女人则负责给予快乐。她以陈述事实的口吻告诉我这些，就像她曾用同样的口吻告诉我该怎样喂狗或做面包。

我出生的时候，小得足以睡在父亲的鞋里。后来，我才开始成长，长得那么高大，以至于我的父亲都起了把我当作展品的念头。我母亲拒绝了他，说不管家里有多贫穷，她的家人都不能拿去当展品。有一天夜里，我父亲想把我偷偷带出来，卖给一个独腿男人。他们已准备好桶，想把我放进去，但还没来得及盖上盖子，我就挣脱了桶的束缚，朝我父亲的喉咙冲去。

那是我第一次杀人。

我已忘记了我的童年，不仅是因为我的父亲，也因为那是一段不该发生的昏暗时光，充满了渴望和失去的希望。我还能记得一些小插曲，却已感觉不到时间的流逝。如果我要把那些似乎发生过的事尽数拾起，重新经历，可能只需要一两天的时间。那么，中间的那些年月到哪里去了？

听说约旦要回来的时候，我知道他将作为英雄凯旋，而我将作为英雄的母亲与他相见。我不吝花销，买了条用最好的羊毛做的长裙，搭配了一条用斯德普尼教堂的祭坛布织成的漂亮披肩。我坐马车到了霍夫①,在海滩上扎好营帐,等待着第一时间发现约旦的船。他离开我的时候才十九岁,说话斯文,留着一头像乌鸦般黑亮的头发。现在他三十三岁了,我无法想象出他的模样。

沙滩上常有恶棍出没,总想打劫正在熟睡的可怜女人,但我把他们都推进了海里,任凭他们被咸水泡发。闲下来的时候,我就捡捡贝壳。

第三天,我终于在海面上看到了一个黑点。随着时间的推移,黑点变得越来越大,到了傍晚时分,我已经可以看见船正满帆而行,准备下锚。我把双手围在嘴边,呼喊着约旦的名字,虽然我并不确定在海鸥捕鱼的尖叫中,他是否能听到我的声音。

我点上火,等待着。在黑暗中,约旦放下一艘小船,在船首放好一盏灯。他是如此轻柔地向我划来,直到他跳到齐膝深的水中,我才听到他的声响。我抬起头,跑去帮他将船拉上岸。

他留着胡子,部分已然灰白。他朝我微笑,从口袋里掏出一个水洗皮革包,里面装着一串珍珠。我把珍珠戴上,它

---

① Hove,英国南部的海滨城市。

们在火光中闪闪发光。他还带来了一只平底锅和一些食物，我们对坐在火堆两侧，仍然没有说过话。月光下，那艘船的黑帆清晰可见，约旦的小船则在沙滩上显现出幽暗的轮廓。

我想告诉他些什么，告诉他我爱他，我有多么想他。但十三年的言语在喉咙里争斗，让我无法吐出只言片语。要说的事情太多了，反而无从说起。

吃完食物之后，我屈膝坐着，背靠石头，他则侧躺着，伸着双腿，胳膊肘撑着头部。他正望着海浪。

他睡着后，我爬过去给他盖上我的毯子。我观察着他的身高，他纤细的手腕，以及他陡坡一样的鼻子。我抚摸他的头发，意识到他脸上添了疤痕。现在没人能伤害他了。我把毯子向上拉到他的下巴时，发现他的脖子上有什么东西在闪光。为了不弄醒他，我轻轻地把那样东西从他衣服上解下来，发现那是一块银坠子。我没给过他这种东西，这不是他以前戴的金属挂坠。那银坠子是一双小小的鞋，一双舞鞋，足弓向内弯曲，就好像正用脚尖站立。他突然转了个身，咕哝着什么，我一松开项链，他就把它握在手里，像一个小孩握着母亲的拇指。

我抬起他的头，把我的披肩垫在下边，我在他的脚边坐了一晚上，听着潮起潮落，数着流逝的时间。

数年以后

画作3:《皇家园丁罗斯先生向查尔斯二世呈献菠萝》。作画家未知,大概是荷兰人。戴着假发的罗斯先生单膝跪地,戴着假发的国王正接过菠萝。水果和鲜花的色彩构成了这幅画。

看到这幅画后,我立即决定加入海军。父亲对此感到很高兴,母亲则有些担忧。我刚从学校毕业,热切地想投入一项事业,任何能够带我离开这里的事业。

三件事刚好碰在了一起。

我看着这幅画,试着想象带一件别人从未见过的东西回家是怎样一番情景。我看着那个菠萝,试图假装自己从来没有见过它。我做不到。世界上稀奇的东西已所剩无几,因为我们已通过这种或那种方式见过了所有。菠萝是从哪里来的？巴巴多斯很容易找到，但它是谁带回来的？在怎样的情形下？以及，为什么？

我买了一个菠萝，将它放在我的房间里直至腐烂。母亲不时进来，像只指示犬一样对着空气嗅嗅鼻子。

她说："知道吗，我闻到了一股味道。"

不久她说："我闻到了一股甜味。"

然后她说："这儿有什么东西烂掉了。"

她在床底找到了菠萝，把它扔了。菠萝心变成了紫黑色，果皮已萎缩成一片片干裂的几何图形。

在她找到菠萝之前——多亏了那些给活物注射防腐剂的常见方法，菠萝被保存了很长一段时间——我时常在晚上将它拿出来，感受它发了芽的头部和粗糙的身体。如果我预感到第二天早上她可能不会来得很早，我便会冒险跟它一起睡，尽管那些天，她总是抱怨说我身上有股水果的味道。

"儿子身上怎么会有一股水果味？"父亲说，"他又没碰过什么水果。"

我低下头乖乖喝完碗里的粥。总是有人说我母亲很怪，因为她会说一些别人不相信的事情。但大多数时候，她说的都是对的。

我对好朋友杰克说:"杰克,你难道不希望我们还能成为海盗之类的人吗?"

他说:"别傻了,尼古拉斯!当了海盗,周围全是海水,身上却没块肥皂。"

他很爱干净。杰克。

尼古拉斯·约旦。五英尺十英寸。皮肤黝黑。制作模型船,每周末会放它们下水试航。最好的朋友叫杰克。没有兄弟姐妹。父母无力为他购买望远镜,取而代之的是一本教你如何通过星象导航的书,以及一个系着卡其色带子的双筒镜。这就是关于我的一切。至少表面上如此。

那三件事中的第二件就是《船只观察手册》。我在一家二手书店买到了它。扉页上写着:

法兰克·E.多德曼

著

理学学士,海事设计院院士,皇家地理协会会员

A.C.哈代

作序

很长一段时间里,我都有一位叫作米娜·弗洛格斯①的秘密情人。当我作为英雄荣归故里时,她总在海港等我,渴望嫁给我。我喜欢那本书,它用九十五幅素描、十六张彩图和十六页照片展示了一百余种船只。

我根据图片建造了自己的模型船。起初我用成套轻木索具和塑料海员模型作配件,但很快我就学会用父亲工作室内的工具自己设计零部件了。我从来没有为制作海员的模型而费心,因为他们并不优美,不过是船的奴隶。

周末,我母亲做饭,父亲则看报纸。我走到池塘边,将船放下水试航。我喜欢风的不确定性。杰克会随我一起来,他会带上一些与电脑科学有关的书,以及几份他父亲的《全科医生》杂志——那是给医生看的杂志。杂志里到处都是病入膏肓的病人图片,其中不乏一些只是患上了普通感冒的人。

"这些病只能听天由命,"杰克说,"所有那些小药片都只是骗钱的。"

---

① Mina Frogs,此为前文中提到的"海事设计院院士,皇家地理协会会员"英文简写(MINA, FRGS)的化用。

"就像爱情。"我说,装着船舵。"爱情就无药可救。"

"你爱上谁了?"杰克问。

"没有谁。她根本不存在。"

"这是你能做的最不卫生的一件事了。"杰克说。

"不可能。那些纺织工人呢?"

"他们会穿防护服。陷入爱河的人可不怎么穿衣服,你看看那些杂志就知道了。"

他指的是《花花公子》和《阁楼》。他爸爸也买这两种杂志。

我不再理他,让他自己读书去。他喜欢电脑——如此洁净,可程序化。当我告诉他我已经学会根据星象掌舵时,他问:"这有什么用呢?"

他不是冷漠迟钝,只是过于现代。

有一天下午,杰克正侧身躺着,读着一篇关于几个小孩如何侵入五角大楼电脑系统的文章。一个男人朝我走来,站在我的船边。

"这是你自己做的吗?"

"对。"

"用什么模具?"

"没用模具,都是我做的。"

"它能航行吗?"

"当然。我已给它调好重心,在任何风里都可以航行。"

"我也造过船,"那人说,"还航驶过它们。我到过所有地方,但我仍然有一种错过了什么的感觉。我总觉得有人在嘲笑我,但不知为何而笑、谁在笑。这听起来很傻。我觉得自己可能错过了整个世界,我所见到的不过是让我远离那条真正线索的圈套。我觉得自己总是在快要弄明白的时候,又再次失去了线索。"

他站起来,没有看我。然后他走开了。

我拿起自己的船,向杰克走去。

"那是谁啊?"他说。

"我不知道。可能是个水手之类的人。"

"他肯定是个疯子。"

"为什么?"

"现在没人穿那种衣服了。"

"走吧杰克,我饿了。"

第三件事呢?

我正收拾着自己的房间。我们正在装饰房子。床底下有好几堆我小时候读过的书，我将其中大部分都装在了盒子里，连看都不看一眼。只有一本我还记得，记得很清楚，对我来说，它不是大脑里的一个想法，而是嘴里的一种味道。读这本书的时候是在一个雨天，圣诞节刚过的雨天。这本书叫《男孩的英雄之书》，封面上有船、飞机、马和戴着钢钳的男人。我打开书，几页纸掉了下来，上面写有我稚气的手迹。我想我那时候已经有十岁了。那是几张关于我喜欢的英雄的简介，我会在页边画下他们的肖像。

征服者威廉

生于一○二八年，以"杂种威廉"闻名。他的三位监护人全部惨死，他的家庭教师也被谋杀。"威廉酷爱户外运动，是一个猎人，一名士兵，暴烈而专横。未受教育。毫无怜悯之心……"

他娶了法兰德斯的鲍德温五世的女儿，玛蒂尔达。因为大主教谴责这段婚姻，他们不得不各自修建一座修道院来赎罪。

忏悔者爱德华膝下无子，作为他的侄儿，杂种威廉本应继承整个英格兰。当最后却是哈罗德得权的时候,他发兵入侵。

克里斯托弗·哥伦布

也被他的西班牙朋友们称为克里斯托贝尔·克伦。他出生于热那亚,是一个纺织工的儿子。在他航海事业的初始,他是一名海盗。

他因预言而非天文学知识发现了美洲。一五〇二年,他在给西班牙国王斐迪南和女王伊莎贝拉的信中这样写道:"理性、数学或地图对我全都毫无用处。"后来,他写了一本《预言书》,然后默默无闻地死去。

弗朗西斯·德雷克

一五四〇年生于德文郡,十三岁出海,三十七岁坐上"金鹿号"环行世界。后来,他被任命为普利茅斯市长。

他因击败西班牙舰队而名声大振,也是伊丽莎白女王最喜爱的劫掠者,被亲昵地称为"未知世界的偷盗大师"。

之后的两百年里,他一直是最受欢迎的英雄。他"五短身材,四肢强劲,圆头大脑,发色棕黑,生着络腮胡子。他的眼睛又圆又大，清澈无比"。

纳尔逊勋爵

纳尔逊生于一七五八年，九岁开始出海，十五岁时已踏足北极。他在某次航行中患上痢疾并产生了幻觉。"'那么，好的，'我大叫道，'我将会成为一位英雄。'"

惠灵顿遇到纳尔逊时，他说后者的谈话全是"有关他自己的，说话自负又愚蠢，让人惊讶，令我厌烦"。尽管如此，纳尔逊仍然获得了"胜利号"战舰的所有权，并一举击败了拿破仑。他把这次公认的绝妙攻击计划概称为"纳尔逊之击"。

他死于一次历史性的战役，但在死之前，他签下了一份文件，将他的情妇爱玛，即汉密尔顿小姐，和他们的孩子霍雷希亚献给国家。然而国家对此毫不关注，在高度表彰死去的海军将领的同时，爱玛疾病缠身，孤苦无依，九年后死于加莱。

如果你是英雄，你就可以做个白痴，行为拙劣，私生活败坏，拥有无数情妇，并时刻谈论自己，而没有人会在意。英雄具有豁免权。他们臂膀宽广，毛发浓密，走到哪里都能引起人群围观。大部分时候，他们更享受被其他男人簇拥的感觉，尽管富有魅力的女人也是他们奖赏的一部分。

父亲常看战争片。战争片里到处都是头戴锡帽、言语简短的男人。他们围着折叠床打牌，从行军床上伸出头探向彼此。他们从战壕里一跃而起，开着机枪向四周呈一百八十度扫射。他们都有女友，但更钟情于彼此的陪伴。

父亲也看潜艇电影。警笛一响起，身着T恤衫的男人们便迅速靠向墙壁，指挥官则紧贴着潜望镜，在我们看到的一个片段里，潜水艇像一条钢铁巨鲸沉入水底。

父亲还看航海片。身着翻领毛衣、脚穿黑色长筒靴的男人们跑到桥上，打探敌人的消息。总会有个拿着拖把的小个子道出一些简单却重要的线索，但他的话总会被那些高大的家伙忽略。随着情节的发展，在船舰即将沉没的时候，只有小个子的身体小得足够塞住裂洞，阻止海水涌入。他看起来不像英雄，但却是个真正的英雄。他的存在让所有小个子充满勇气。很多小个子都渴望成为英雄，他们也需要自己的幻想时刻。但事实是，小个子总会被杀死。

我来到海军征兵办事处，他们向我介绍了那些我将会用到的精密仪器和将亲眼见到的地方。先是有一场关于海军生活的电影放映,然后一位年长的海军将领出现了,向我们讲述他是如何熨平那条被七大洋揉出七条褶皱的喇叭裤。

这里有很多同志间的爱与情谊。当然,这不是同性恋。

我和杰克一起去公园。我带着船,他带着书。风很大,池塘看上去像撒上了一层灰色的糖衣。我把他留在长椅上,独自下到砾石滩边,整了整帆,准备将我的船放到水面上。风立即将船吹到池塘中心,桅杆倾倒在一边,我最后总算把它弄了回来,但它已经损坏了。大风让我泪流不止,杰克以为我哭了。他很尴尬,只好对着一个女人哈哈大笑,那女人的帆布躺椅被风吹得底朝天。

他说:"你这个年纪不适合玩这种船了。"

我说:"为什么我不适合?"

他耸耸肩,告诉我他找到了一份假期临时工。

我父母吃饭时总是慢条斯理的。他们把食物按颜色和形状排好,按比例进食,这样他们就不会一样东西吃得太多或太少。而我总会先把所有的青豆吃掉,这让他们很恼火。

他们和我讨论过我的海军事业。

"如果打仗了怎么办?"母亲说。

"你我都经历过战争,"父亲说,"不也还好嘛。"

"还是令人不安。"母亲说。

"还好啦,也有些美好时光。你还记得那时我们相拥共舞,在黑暗中做爱的事吗?"

"不要在尼古拉斯面前说这些,"母亲顿了会儿,接着又说,"它让人崩溃。"

她指的是战争,还是和父亲做爱?

我被海军军校录取了。通知书送到的时候,大家都感到兴奋和骄傲。母亲把它放到一个文件袋里,和我的其他东西收在一起。

出发前的那晚,我们特意吃了顿大餐,还开了瓶红酒。母亲很紧张,父亲很闹腾。我尽量把青豆留到最后才吃。

到了睡觉时间,我回到自己的房间,熄了灯。我没有脱衣,而是躺在床上,望着窗外的星星。我读过的一本书上说,星星能带你去任何地方。我从未想过要当宇航员,因为他们要穿上盔甲般的宇航服。如果能到月亮或银河系上去,我希望能看到星星围着我的头打转。我想让它们都悬在我的发间，就像它们悬在那些绘有上帝的画里一样。我想让整个身体感受太空，感受真空与光点。那必定是舞者——舞者和杂技演员——的体验，在那一瞬间，感受自由。

就算不再受地心引力的牵引，穿着宇航服还是会不舒服。你难道不想裸着身子？在全新的大气层中，缓慢地翻滚着赤裸的身体？

因为人的踏足，人们总说月亮的神奇已不再。我对此不以为然。月亮是不会被区区人类的足迹偷走的。

我们已去过世上的任何地方，现在我们已步入太空。

父亲看太空电影。它们与众不同：那是唯一一个仍然充满着希望的域界。这些电影轻松愉悦，里面出现的女人有些是科学家，而不是歌手或服务员。有时，女人也会成为英雄，尽管这种情况还不常见。我在看太空电影的时候总是很想哭，因为它们留给你那么多希望，感觉像是一次开始，而不是一个陈旧老套的结局。

但当我们已经去过每一个地方——这只是个时间问题罢了——当这世上再也没有荒野时，我们下一处将去哪里？

是否不久之后，我们就会开启内心的旅程，进入我们自己的时间隧道,深入内心空间的领域?

我的卧室收拾好了。我把自己放入橱柜,置于视线之外。现在这卧室已是一个空房间。我要离开家了。借着窗外的光线,我能看见空荡荡的架子,而我不会再穿的鞋子整齐地排成一列,摆在衣柜下方。那是一个门内镶着镜子的老衣柜。离开前的那个早上,我在镜中望了自己一眼。我看起来还不错。

六个月后,我在德特福德外的泰晤士河口的一艘海军拖船上服役。有人在这一带发现了水雷(至少据他们所说是如此),我们正对此展开搜寻。工作有条不紊地进行,民众见了我们,都松了一口气,我们也让自己放宽心。那晚很温暖,伦敦的灯光和黑暗的水面都很宁静。我心满意足。

我和一个朋友站在甲板上。他有几分天文学家的气质,喜欢教我看天上的星座,我没有告诉他这些我都知道了。

他说:"你知道吗?如果我们能在银河系中四散游荡,自己在那儿待上一天,我们会看到与此地截然不同的景象。除了黑暗,我们将一无所见。那些紧挨在一起的星星之间其实相隔数个光年。我们找到任何一个恒星或行星的概率都非常非常小,更别说像地球这样的蓝色星球了。"

他笑着走下了甲板。

我双臂靠着围栏,头枕在臂间。我感到自己正在不断地坠入一个黑洞,那儿没有星星,没有生命,也没有盔甲般的宇航服。这时,我身边响起了脚步声,一个男人的声音传来:"国王今天在温莎下葬。"我猛地站直身,打量着那人的脸,他正凝视着水面。我认得他,但是在哪里见到的呢?他的衣服……现在早就没有人穿这样的衣服了。

我越过他,朝上方望去。风帆在微风中吱吱作响,桅杆上裹着层层绳索。在更高的地方,我看见了北斗七星、猎户座和一弯镰刀似的明月。

我听见一声鸟叫,尖锐而凶猛。特拉德斯坎特叹了口气。我叫约旦。

我是个发了疯的女人。我是个犯了臆想症的女人。我想象自己是一个高大粗壮的巨人，挽起袖子走出门，裙子围绕着我如旋涡般旋转。我有个口袋，就是用来溺死猫咪的那种，我在这世界上走走停停，往里面填塞各种东西。男人们朝我开枪，但我可以将子弹从乳沟中取出，把它们嚼碎。然后我放声大笑，用手指折断他们的枪，就像折断一根许愿骨。

第一站：世界银行。

我直接走进了会议室。里面有张长形硬木桌子，四周摆着舒适的椅子。穿西装的男人正在讨论如何处理第三世界的问题。他们想要建立水坝、清除雨林、兴建大型可口可乐工厂，压榨橡胶的潜在利用价值。

他们说:"这个会议不对外开放。"

我从最前端开始,抓住颈背,把他们一个个拎起来。他们的腿在古驰牌西装里颤抖着,我对西装倒是没什么意见,材质挺好的。在被丢进我口袋里的那一刻,他们全都尖叫着要喊律师来,嚷嚷着我以为我是谁、什么是言论自由和公民自主之类的话。

当他们全都在口袋里后,我将房间收拾干净,往袋子里扔了些计算器,好让他们不至于太无聊,接着我们就离开了。

下一站:五角大楼。

我冲破最高等级的防盗门,穿过电脑、各种情报和一大堆秘书,闯进一群被众星捧月的将领之中。那群人正在讨论国防与和平议题,谈论如何通过订购更多的武器消除核威胁。我仔细听着,而他们则用母亲对待智障儿童般的耐心告诉我,如果没有足够炸毁地球五十次的武器,我们就不是安全的。只有我们有这么多时,我们才会是安全的。

我说:"你们自己的数据显示,如果下个十年里,有百分之三的国防经费能用于解决美国国内的贫困问题,你们将彻底免去所有的麻烦。"

他们面面相觑,宽宏大量地笑了几声后便回去工作了。

我别无选择，便抓住他们的勋章，将他们丢进口袋。其中有一位伸出头说："你将会被逮捕，你现在的所作所为很危险！"

然后……

我从国宾车队、豪宅宴会、大使馆和私人派对里抓走了世界各国首脑。我将他们全部都丢进袋子里，朝着黄油山、酒湖、谷仓、沙漠、干裂的土地、饥饿的儿童和戒备森严的宫殿里的军火商行进。

我逼着所有的胖子节食，让所有的男人排成一列，参加女性主义和生态学的必修课程。于是他们开始处理过剩的食物，用自己的双手将食物打包。这些曾代表权势的人们，如今亲密合作，组成一条人链，将食物分发出去。

我们改变世界。到了第七天，我们在酒湖旁聚会，用黄油山做松饼，世界各地的人蜂拥而来，酒足饭饱，清洗洁净，心满意足。而河面上闪着光，也不再是水银的缘故……

那就是一切的开始，水银。就是在检测河流、湖泊、溪水中的水银含量时，我患上了臆想症。在任何有利可图的地方，水银含量总是超标，鱼类因此而死去，儿童患上长鳞的怪病，政府却说这跟任何事情都没有关系。

于是我,一个女人,开始了孤身一人的抗议。你在报纸上经常能读到这种事情,女人总会被描述得有点儿疯癫,但不会造成多大威胁。他们希望你能走开,变老,变得厌倦。时间是很好的消音器。

我没有走开。我写文章,将情况说明书塞进各家前门。我产生了一种向个人传道的激情。我在街角拦下家庭妇女,在茶馆里拦下工作的男人。有些地方的女人很有地位,我便向她们要钱,寻求帮助。

我为此付出了很大的代价。太过巨大,心情抑郁时我总这样想,而这几乎成为一种常态。问题在于,当大多数人都如此冷漠时,我这样的普通人便不得不不惜一切,不得不毁了自己的生活,成为被鄙夷的对象,才能表明和传达自己的观点。难道他们真的认为,我宁可在污染的河边风餐露宿,也不愿意舒舒服服地待在自己的公寓里,酒足饭饱?

人们会相信任何事情。

除了真相。

我是个孤独的孩子。我父母发现我很难相处,不是他们想要的那类孩子。对他们而言,我太过极端、太令人难堪、太沉默了。我最好的时光都是在户外与我们的狗度过的。父母希望见到自己的生命在孩子身上得以延续，他们在孩子身上认出自己扭头的动作或说话的方式时，会感到无比欣慰。而如果他们什么也没看到，如果孩子是个完全陌生的人，即便他们会尽力让他吃好穿好，也不会爱他。不会以那种令人蜕变的方式去爱。

于是我学会了独处，学会了在黑暗中获得快乐，那里没有人能看见我，我可以看着星星，创造一个没有地心引力、没有束缚之力的世界。我之所以肥胖，并不是因为我贪吃；我几乎不吃东西。我肥胖，是因为我想变得比任何之前比我大的东西都要大，那些力量凌驾于我之上的东西。这场战争，我一定要赢。

这很显然，不是吗？被忽视的人总会膨胀到人们不得不注意的程度，哪怕这种注意带着恐惧与厌恶。

我把我父母的房子想象成一个包含着我的贝壳，一个适合怪诞生物生存的环境，这种生物会汲取温暖和营养，直到蜕去壳甲，迸发而来。晚上，我躺在床上，感觉整幢房子正随着我一同呼吸。屋瓦、砖块、保温套、水管道，都在应和着我的节奏。我是生活在铺有地毯的巨蛋里的怪物。

这样想着,我的肩膀挤压进了房间的角落里,头部伸展着,压碎了窗户。碎玻璃到处都是,一只脚便将花园践踏。米克罗梅加斯①,身高两百英里。

但却没有拉伯雷②式的愤怒。

不出所料,一离开家,我就瘦了下来,瘦了整整好几架独轮手推车的重量。实际上,是两辆手推车,这是我算出来的结果。这些重量去了哪里?它从哪里来,又到哪里去了?这是诸多神秘问题之一,肥胖出现,继而消失,而你能用于证明它的只有几道白纹和几件过于肥大的衣服。

"你会把脂肪燃烧掉的。"我母亲曾这样说。我还是个孩子的时候,曾在恍惚间看到自己正在熔炉里烧脂肪的景象。从烟囱里冒出了弯弯曲曲的烟,像是猪尾巴。

体重减掉之后,我发现了一件奇怪的事:那些重量仍然留存在我的脑海里。仿佛有另一个我——一个强壮而高大的女人,她唯一的道德准则便是她自己,她鲜少忠诚,却极

---

① Micromegas,伏尔泰短篇小说《米克罗梅加斯》中的主人公,是个来自外星球的巨人。
② Francois Rabelais(1483–1553),文艺复兴时期法国人文主义作家之一,代表作为长篇小说《巨人传》。

端虔诚。她是眷顾我的圣人,每当我感到自己要从街上或地板缝里消失不见时,我总会呼唤她。每当我呼唤她的时候,我的肌肉就会膨胀,笑声就会填满喉咙。当然,这一切不过是幻觉,至少一开始是如此……

作为一个拥有高学历的化学家和男人乐于与之共事、富有魅力的女性,我本可以在大学里谋份教职,或做些有价值的幕后工作。我本不需要从事污染研究。不管从哪个方面看,这工作都不讨喜。大公司恨你,不停地安排公司内部的科学家来质疑你发现的事实;国内外政府对你的言论总是反应滞后。滞后已是我所能期望的最好反应了,赤裸裸的敌意和敷衍才是更常有的事。地球正在被谋杀,但很少有人愿意相信。

"你为什么不去帝国化学工业公司工作?"父亲问我,"那里的员工可以入股。"

是的,我为什么不去?或是去壳牌、埃索石油公司、联合碳化物公司,或者是国家宇航局?

我为什么不拿着公司股份,不开着公司配车,不享受抚恤金和医疗保险,不拿那份有保障的薪水?我为什么要在一条河边风餐露宿,疯疯癫癫?我的皮肤正在剥落。

我已经独处了很长一段时间,数不清的日日夜夜,因此时间不再以我原本熟悉的单位计量,而是变得躁动狂野,不受束缚。现在已不是我计量时间,是时间在计量我。

这很可怕。

我经常整个白天都在睡觉,然后整个晚上都醒着——为什么不呢?没有人会介意。

我有一本日历和一块手表,我可以理智地说出自己在所谓的"一年"中处于什么位置。然而我的体验却与此不同,我觉得自己好像已在这里度过了很多年。我可以用道理说服自己事实并非如此,却没法不去这样感觉。你怎么能左右一个人的感觉呢?因此,我最强大的本能便是要我放弃通常的感受方式,去接受实际上正在我身上发生的事情——时间正在变慢。

为什么不可以?在特定的情况下,我们的脉搏会加速或变慢,我们的呼吸会变换节奏,如果有必要,整个身体都会改变它的习惯。

有那么多童话故事都在讲述某个睡着的人醒来后发现自己身处一个不同的时间里。对我来说,表面上似乎什么都没变,但内心里我并不总是在这儿,坐在一条腐败的河流边。

我仍然可以逃离。

逃离什么？逃离现在？是的，从这个遮蔽着我、让我看不清远处正发生之事的此情此景中逃离。如果我有心灵、有灵魂，不管它叫什么，它肯定不是单个的，而会是多重的。它将不会受到限制，它就是空间本身。无数来自过去或未来的身体都在此定居，不断变化、衰老。

我无法知道这一切，我只是在寻找一种理论来契合这个事实。这就是科学家所做的事，虽然你也许会觉得我的说法太牵强了。

也许我就是。

不管有没有因此中毒，是水银让我有了这些想法。滴下一滴，水银便会颤动着生出布满整个地板的克隆体，而你可以将它再次舀起，不会留下任何缝隙或碎裂的痕迹。它可以是一次生命或无数次生命，就看你想要什么了。

我想要什么？

我做梦的时候，会想要一个家，一个爱人和几个孩子，但这行不通。谁会愿意跟一个怪物生活在一起？也许我看上去不再像个怪物，但这不能瞒多久。我会爆发，撕毁裙子，如果送奶工朝我抛媚眼说"你好，亲爱的"，我会朝他扔盘子。事实是，我对这个臭气熏天的虚伪世界已经丧失了耐心。我再也无法忍受了。我无法奉承、撒谎、哄骗,甚至微笑。这里还有什么值得微笑?

"你都不去尝试,"母亲说,"其实没那么糟。"

真的很糟。

"你很美,"父亲说,"任何男人都会想娶你。"

但如果他撑开我的眼皮,如果他往我的耳孔里窥看,如果他用手电筒查看我的喉咙,如果他用听诊器倾听我的心跳呢?他会抱头逃窜,冲出房间。他会看见她,另一个我,潜伏在我的体内。她体形硕大,却容纳于我。

我曾和一个男人做爱。那不过是进进出出,配着哼哼的喘息,结束时再发出一声长叹。

他说:"你高潮了吗?"

当然没有,你难道没读过马斯特斯和约翰逊[①]的书吗?

接着他便睡着了,呼吸声进进出出。

后来我对他说:"我想吞下你。"

"想来点儿新奇的,是吗?"他说。

我是指全部,每一寸,像吞牡蛎那样直接滑进喉咙,最

[①] William H. Masters 和 Virginia E. Johnson,美国著名性学家。

后再吞下你的双脚,你的双脚像是潜水者的蹼,在我的唇边晃荡。约拿和鲸鱼的故事。

我不恨男人,我只是希望他们能再努力些。他们都想成为英雄,但我们所求的不过是他们能帮忙料理家务和照看孩子。那不是他们所喜欢的英雄主义。

"你太消极了。"母亲说。

不,我没有,你才是。是你坐在那儿,看着新闻,吃着工厂排放物饲养的肉和被电池水污染的鸡蛋,将无穷无尽的塑料制品扔到郊区的焚化坑里。你以为那些垃圾都去哪儿了?

我不知道时空中是否还存在其他世界。也许这是唯一的世界,其他的都不过是丰富的想象。到底是哪种并不重要,我们得保护这两种可能性,它们似乎相互依存。

记得还在上学时,有段时间我一直发胖。那时我住在上泰晤士街临河的一间公租房里。后来我们有了自己的房子，但那时我们还是很穷的工人阶级，母亲完全忘了有这回事儿。当时，我总是独自沿着河堤从学校走回家，看船只来来往往。我记得有艘船正上演着《潘趣与朱迪》①的戏码，潘趣先生正痛打孩子，朱迪想把他掐死，还有一只带着白色项圈的小狗叫托比。

  我不想回家。我想在外逗留一整夜，在河边铺张床，点上篝火。我沿着阶梯爬上滑铁卢桥，对川流不息的车辆视而不见，这样我就可以看到两边的圣保罗教堂和威斯敏斯特教堂。这并不容易：每个人都想回家，风景无关紧要。那是在秋天，太阳很早就沉落了，空气冷冽。我喜欢空气刺痛鼻孔的感觉，喜欢空气被呼出去时结成的各种形状。我看着太阳滑入那些建筑的背后，而在我出神时，呼啸而过的汽车、喧闹的人群和橡胶、尾气的气味都逐渐消隐。我感到自己正独处在另一个不同的傍晚。

  我望着我靠在桥栏上的前臂。它们很大，像大腿一样，不过这儿实际上并没有桥栏，只有一根木杆。当我转到反方

---

① *Punch and Judy*，源自16世纪意大利即兴剧院的欧洲传统木偶剧剧目。

向时，我就看不见圣保罗教堂的圆顶了。

我所能见到的是破烂的运莱船，相互拌嘴的女人，和骑马穿过泰晤士河的一队人马。

我必须赶到布莱克弗莱尔，有人在那儿等我。

是谁？是谁？

现在我在夜里醒来，大喊着"是谁？是谁？"，像只猫头鹰。

为什么当我坐在一条腐臭的河边与篝火为伴时，那一天就会不断重现？

早上。船抛锚停留在海上，约旦的划艇挂着高高的帆，在岸上泊着。篝火正在冒烟，他醒来的时候，火一定烧得正旺。在地狱里，火将永远燃烧，无须为浮木擦去沙尘。

约旦拨弄篝火时，我已收集了一大堆船上载来的什物。我正用小刀打开牡蛎——这是把很好的小刀，乌木手柄，是我从某位死去的爵爷那儿得来的，他刚好是位清教徒。这发生在我改过自新之前。自从斯科罗格斯牧师和邻居菲尔布雷斯暴毙之后，我就发誓要收敛我天生的谋杀才能，重拾安宁的生活。我不认为自己是什么罪犯，也当然会反抗任何要把我关进新门监狱①的企图。我的所作所为不是为了要得到什么，而是为了追求公正，我扪心自问得出结论，那些死于我手中的人死了比活着要好。作为证据（如果需要证据的话），我将以斯科罗格斯牧师的好老婆为例。曾几何时，她唯一的快乐来自他那穿过被单插入她体内的玩意儿。听闻丈夫的死讯时（作为一名淑女，我略去了对案发现场的描述），她向天堂举起双手，感谢上帝的仁慈。我是如此谦卑，因而我丝毫不因她错误地感谢了救世主而心怀怨恨。我不想要别人的感谢，而我们的主也经常被剥夺他所应得的。她立即收拾好行李，前往坦布里奇韦尔斯②跟她未婚的姐妹一起生活。我含泪看着她离开，心里想着她所遭受的痛苦，以及她又是从怎样巨大的恐惧中得到了解脱。

而如果在审判日，我若被证实犯过一两次错误，我知道主将会像处理通奸的女人一样把我带到他身边，问："谁会扔来第一块石头？"

---

① Newgate，又称纽盖特监狱，现为伦敦著名景点。
② Tunbridge Wells，又称唐桥井，英格兰肯特郡西南部的自治市。

约旦和我分别吞下三十六个牡蛎后,他告诉我,他要即刻前往伦敦,向国王呈现他最新奇的发现。

"我带着它呢,"他说,"就在这包里,不过它很快就会变质。"

"那么,它不是金子?"我有些失望。

他笑了,安慰我说船上有足够的金子。

"给我看看你的宝物。"我说。

他打开包,动作轻柔,就像我第一次在那肉汤色的泰晤士河里刨开裹着他的泥巴一样。

"我猜这是另一种水果。"我看着那东西如爬行动物般的外壳和那足以为地狱小鬼加冕的绿棘冠。

"另一种水果?"他看上去有些迷惑。我提起我们一起参观第一根香蕉时的情景,它的形状和颜色在当时看来是多么惊人啊。

"从那天起,"我说,"就再也没有什么水果或蔬菜能让我心旌摇曳了。"

"我还记得那天。"他说。

接着他跳了起来,开始收拾东西。

"我们会在城里雇几匹马。"

"但什么马能驮得动我?"

争论了一会儿后,我们决定破费雇辆马车。我无论去哪儿都习惯走路,但作为一个荣归故里的英雄的母亲,如果在儿子抵达伦敦两天后才拖着行李蹒跚而至,未免有失尊严。

"你的项链也很珍贵吗?"我佯装不经意地说。他停下手中的活儿,目光锐利地看着我。

"这是一个不存在的女人给我的,她叫福尔图纳达。"

"我知道有个意大利海盗曾叫这名字。"我说。

约旦望向大海。"她告诉过我阿尔忒弥斯[①]的故事和她干她那行的原因,在她的讲述中,故事发生的那天和今天是同一副光景。"

"跟我说说,"我说,"天才刚刚亮呢。"

福尔图纳达的故事

女神阿尔忒弥斯向她父亲——宇宙之王宙斯——求来

---

① Artemis,古希腊神话中的狩猎女神,自由独立,热爱野外生活,反对男女婚姻。

了一副弓箭、一身短袍，以及一座不受外界侵扰、独属于她的岛屿。她不想嫁人，也不想生孩子，就想要狩猎，狩猎让她浑身舒坦。

到了早上，她便收拾行囊，到树林里开启她的新生活。很快她便声名远播，其他一些女人陆续加入了她，但阿尔忒弥斯并不想要别人的陪伴。她喜欢独自一人。在独处的过程中，她生出了一种非常奇怪的感觉：她嫉妒男人们能自由地漫游世界，然后满载荣誉，回到只能苦苦等待的妻子身边。她知道，正是英雄与家庭主妇之间那道巨大的鸿沟才使生活成为可能。她对此并不抗拒，只是希望得到男人的那种自由，但如果她也像英雄一样走遍五湖四海呢？她是否会找到一些不同的东西，或者发现旧事物的新面貌呢？

炼金术士们说得好，*Tertium non data*，"第三条道路绝非唾手可得"。也就是说，从一种元素变成另一种元素，从废料变成最好的金子，这个过程是无法记录的。它充满神秘感，没有人能确切知道是什么导致了这种改变。而心灵不动声色地挣开牢笼、走向宽广的过程也是如此，我们只能猜测发生了什么。

一天傍晚，阿尔忒弥斯追丢了猎物，打算点起篝火休息，但夜幕下阴影重重，异象迭起。她看见火边的自己，有时是孩子，有时是女人，有时是猎人，有时是女王。她抓住孩子时，女人就消失了，拉起弓时，女王便逃匿了。如果无法把握分裂的自我，就算她走遍世界，捕获所有生灵，又能怎样呢？最终，当生灵都消失时，她将不得不面对自己。

接着，俄里翁①来了。

有一天，俄里翁信步来到阿尔忒弥斯的营地，赶走她的狗，像一个蹩脚演员那样咆哮。他蒙着右眼，左臂夹着夹板。她那时正在一英里开外的地方取水，回来时，她看到这个体形硕大、衣衫褴褛的男人正吃着她的羊。生吃。吃完后，他打了个大大的嗝，肥油仍锃亮地挂在他的嘴上。他建议他们到海边溜达一会儿，阿尔忒弥斯并不想去，但她被吓住了。他声名赫赫，和他强烈的口臭不相上下，毕竟，他是三位神灵心情愉悦时在牛皮上撒尿的结果。他是个无所不能的猎人。

残破的海岸凹凸不平，暗草丛生，让他想起了自己的冒险经历。当他事无巨细地把那些历险讲完时，潮水已漫过了她的腰际。没有他没去过的地方，没有他没见过的东西。他比野兔更敏捷，比牛群更壮硕。他像神一样强大。

---

① Orion，古希腊神话中一位年轻英俊的巨人，海神波塞冬的儿子。

"你很臭。"阿尔忒弥斯说,但他没听见。

最后,他终于让她离开了不断上涨的潮水,为他们生起篝火。他不想让她说话,他已经很了解她,并一直在寻找她。她是个奇人,他是个名人。多好的一桩婚事。

但阿尔忒弥斯还是说话了。她谈起她热爱的这片土地,以及它每天的瞬息万变。这是她愿意为之停留的地方,除非有一天她自己准备离开。羁旅本身不能满足她。她起身道别,转头要走。

俄里翁强奸了阿尔忒弥斯,然后睡着了。

之后的很多年里,她都会想起那一刻。整个过程持续的时间很短,她唯一感受到的是他腹部覆着沙子的毛发。

她的复仇快速而直接——用一只毒蝎子把他杀了。

二十万年可在一夜间过去,时间只在我们的脑海中流逝。在外部的世界里,四季平稳更迭,备受呵护的土地总是在变化,但在内心世界里,光年带着我们在不同的天空之下旋转。

阿尔忒弥斯躺在死去的俄里翁旁边，看着她的过去就这样因为一次行动而改变。未来原封不动，尚未履践，但过去已无法挽回。她不是自己所认为的那种人。是她之前的每个行为和决定将她引领至此，这一刻早早便等待着，就像楼梯的最高一级在等待着梦游者那般。她曾迷失，但现在她已醒来。

海滩上，海浪在阿尔忒弥斯的脚边形成黑暗的旋涡。她让火一直燃着，温暖自己，感受到俄里翁在慢慢变冷。

环绕她的火焰包含着所有必要的线索，使她意识到生命在这个瞬间还容纳于某种形态中，到了下个瞬间就被释放成为另一种。纪念碑和城市会像建造它们的人一样消逝，没有任何长眠之处和宫殿会在几光年后幸存。所有的历史都将被重写，而最早的那些时日早已因为过于遥远而不复再现。

历史将会怎样评说今晚？

今晚清澈冷冽，风的抽打让海浪出奇地高，水沫在沙滩上留下浅浅的痕迹，形成了一个个粗略的三角形。咸味让她的鼻毛竖起，她的嘴唇干渴。星星向她展示如何不借外力在太空中悬浮。没有了荣誉、资格或属于自己的领地，她也可以像星星一样燃烧，在时间中旅行，直到时间不再有意义。

天快要亮了。她想躺在那里，醒着看夜晚和星星消退，直至天空出现第一道灰蓝色。她想看到太阳划破水面，但她不能醒着看完一切，有些东西她不得不错过：她没看到出来觅食的蜥蜴，也没看到俄里翁一夜间变得黯淡无光的眼睛。一只小鸟栖在他的肩头，试图偷走一缕著名人物的头发。

阿尔忒弥斯等待着，直到太阳出来后才把火踩灭。她将岩石压覆在俄里翁的身体上，以免被秃鹫吃掉。她堆起一个高高的土堆，以便阻挡肆虐海岸的狂风。那天风雨交加，乌云密集，地平线上闪现着一道浓重的橙光。完成所有工作后，她已被雨水淋得透湿，她双手流血，头发被风吹进嘴里。她感到饥饿，但不再愤怒。

沙子昨天还是金黄色，现在已因潮湿而变成棕色。视线所及，是灰色的海水泛着白边，捕食的鸟群盘旋其上。鸟的啼鸣很孤独，她也很孤独，倒不是因为没有朋友，而是因为怀念那段尚未被亵渎的时光。大海催人入眠。风和寒冷都不能让她离开坐着的地方，仿佛她在等待着什么。她没有等待，而是在回忆。她试图追问是什么将她带到了这里，试图探索自己的本质。第三条道路绝非唾手可得。她只知道自己已经到达常识的边界,并跨了过去。她现在安全了。不冒风险,就没有安全可言,你所冒的风险揭示了你的价值所在。

她起身离开,没有回头,但她清楚地意识到自己的双脚在沙滩上留下的印迹。她艰难地爬过树木丛生的峭壁,最后来到了海岬上,转身凝望,注视着此刻方才看清的俄里翁的坟丘,以及她向远处延伸的足迹。夜深了,她再也看不到任何能让她想起前夜的事物,除了星星。

回伦敦的路上,约旦为自己的寡言少语向我道歉。

"我从来就不习惯多说,"他说,"你也是这样。"

这话让我感到困惑,因为我自认为是个快活的人,乐意与人交谈。约旦小时候不是和我有着说不完的话吗?

然后他说:"旅途中,我拜访过一个叫霍皮的印第安部落。他们说的话我听不懂,但那一伙人中有一个欧洲老头,我想他应该是西班牙人,虽然他跟我们说的是英语。他说他最开始是这个部落的俘虏，现在则作为他们中的一员生活。我主动提出带他回家，他却看着我笑出了声。我问他们的语言是否跟西班牙语相近，他又笑了，接着说道，他们的语言里没有我们认知意义上的语法，这令人难以置信。最为怪诞的是，他们没有表示过去、现在与未来的时态——他们不以那样的方式感受时间。对他们来说，时间是一个整体。这位老人说，如果不了解他们的世界，就不可能学会他们的语言。我问他用了多长时间才学会，他却说这个问题没有意义。"

然后，我们又陷入了沉默。

约旦在荆冕堂客栈为了将菠萝献给国王而精心打扮时，我正忙着清洁棚屋，给狗洗澡，做一个好女人该做的事情。他好久没有回到自己的家了，我想给他一个惊喜，让他看看这么多年来，我凭着自己的能力已经在这个世界上有了立足之地。我早已开始把我的狗卖给贵族们，并且希望今天晚上那条精良的猎狗能引起国王的兴趣，它的耳朵能听到两个县郡之外的声音，它的双腿能让艳妇都心生妒忌。我在棚屋前圈出了一小片地作为花园，凭着那六年在温布尔登跟特拉德斯坎特学的技艺，造了一间美好的温室，侧墙上爬满了藤蔓。

我打算将那条猎狗藏在裙子下面。面见国王时，我会让它稍微露出头来，然后祈求国王的仁慈，假装自己不知道它跟到了这儿。如果一切顺遂，不出差错，国王会掂量它的头，注意到它身体热切的倾靠和风向标般的尾巴。这时他会问我是否可以将它买下来，而我会尽量表现出不好意思的模样，一再拒绝，说它不过是只宠物。我知道价格会越出越高，而那帮愚蠢的臣子则会跟风向我订购猎狗，数量甚至超出我的所养。我发现自己有很高的商业天赋，这种天赋与生俱来，但以往却被我的母性和除奸惩恶的迫切需要给压制住了。

关于这段没有孩子陪伴的平静生活，我有一些话要说。

但现在钟声响起了，我得戴上我的珍珠项链，准备迎接约旦。我已经把脖子洗干净了。

杰克说："尼古拉斯，你的问题是你从不考虑你的未来，只是过一天算一天。"

这是他来皇家海军舰队"铁手套号"探访我时说的。他聪明又自信,是城里最年轻的股票分析师。我温和地看着他继续说下去。

"还有一年左右你就要从海军退役了,而你仍然不知道自己要干什么。你将会成为一个失败的人,尼古拉斯,我只是想帮你。"

"杰克,你还记得在公园里的那些下午吗?你总是带着你的电脑杂志和你父亲的《全科医生》。有个星期,你带来了一个帆布防风罩,在上面躺下,面朝着太阳。"

"而你带来了那些船。"

"杰克,这也是船,只不过更大一些。"

"你不能把爱好当作职业,尼古拉斯。"

那你呢?那你呢?

他坐在我的桌旁时,我试图理解他的意思。他面带愠色,双手不停地摆弄着他刚从公文包里拿出的报纸。窗外,雨雪弄脏了玻璃。

"如果你真的想知道,我正在考虑环球航行,路线与德雷克的'金鹿号'一样,我将独自完成。"

杰克抬起头,打量了我一眼。

"你这是准备破什么纪录之类的吗?"

"我怎么知道?"

他站起身,甩下了手中的报纸。

"你还不明白我的话吗?就算有机会去做有用的事情,你也不去做。如果你不想破纪录,环球航行又他妈的有什么意义?如果你就是想这样,坐飞机也能环游世界啊。"

"我想要航行。有人曾认为——至少克里斯托弗·哥伦布肯定曾这样认为——世界由六分之五的陆地和六分之一的海洋组成,《次经》①中的《厄斯德拉》也是这么说的,尽管事实是海洋占了三分之二。如果去哪儿都坐飞机,你就不可能知道这些。飞机让你以为世界是稳固的。"

"我认为世上只有两种人:行的人和不行的人。"

"而我是不行的人吗,杰克?"

他没有回答,只是盯着他的报纸,然后开始咒骂。

"该死,那个女的又来她那套了。"

他开始绕着船舱暴走,用卷起的报纸拍打黏附在窗玻璃外侧的雨雪。

"你打不到的,它们在另一面。"我说。

---

① *Apocrypha*,或称"第二正典",是一批在《旧约》正典之后出现的犹太典籍或著作。

我不该说这句话的。他开始了激烈的长篇大论，斥责我们阻碍了进步、工业和自由市场的发展。

"那个愚蠢的女人在一个鸟不拉屎的小河边安营扎寨，为了水银含量哼哼唧唧。她到底想干什么？难道她以为这样那些工厂就会拍屁股走人？污染物总得有个排放的地方吧，他们又不是要把它倒进泰晤士河里。"

我冒着听上去像佛祖的风险，说道："所有的河流终将流向大海。"

他没听见我的话，又把报纸摊开。

"她会上电视，还有调查报道。天啊，媒体没有一点儿责任感，人们又是这么愚蠢，他们会恐慌。你还没反应过来呢，他们就会抛售股票，公司就可能因此破产。为了什么呢？为了个发疯的家庭主妇和几条小鱼。"

"杰克，我不知道你这是怎么了。"

他向我走近，拉过椅子转了个圈，像个牛仔一样坐了下来。

"我来告诉你怎么了。我每天工作十二到十五个小时，做我擅长的事。而那些多管闲事的人总爱插手名企的私事，这让我烦透了。每个人都想要工作和钱，他们以为我们是怎么得来工作和钱的？总是会有些副作用残留，有些我们不想要但不得不要的结果，这就是生活。"

他看了看表："我现在要走了。有空时一起吃午饭？"

我点了点头。他把报纸丢给了我："拿着，即使你不想加入，也得跟上这个世界的脚步。"

他走后，我抚平那张皱巴巴的报纸，试图找到那篇让他心烦的文章。我记得在我决定参军后他说了些什么——是什么呢？

"你就是这样，福克兰岛危机①后马上就加入了海军。"

我读了那篇报道。这个女人当然是个英雄吧？只有英雄才会放弃舒适的生活去捍卫他们的信仰，会为了大众的利益赴汤蹈火。她正是在这样做，为何还要被打压谴责？报道说她的帐篷好几次都神秘着火。我试着通过照片了解她。她很美，我觉得自己好像认识她，尽管这是不可能的事。不知不觉间，我已经站了起来，取下了我的背包。

我会找到她。

---

① 指福克兰岛战争，又称马尔维纳斯群岛战争，1982年4月到6月间英国和阿根廷为争夺英方称之为福克兰群岛的主权而爆发的一场局部战争。

对国王谋杀案的审判最终使上帝向我们发难。伦敦城被瘟疫吞噬,城里到处都是死人。每栋房子里都有尸体,南边一条街上更是只有死尸没有活人。房子都被废弃了,夜里,百叶窗晃荡着敞开。

有次,我带了点儿汤去看望一位生病的朋友,踢开门时,我看见一辆推车正缓慢地在街上滑动,上面堆满了尸体。推车的人是些囚犯,如果能从这日夜辛劳的苦力中幸存,他们将在月末获得自由。新门监狱逐渐空了,但没有罪犯为这重获的自由欢呼。

推车的人腰弯得很厉害,街道被碾出了辙痕和坑洼,推车越来越沉,最后他们几乎都推不动了。那些人本来就身材瘦弱,衣着破烂,其中一人已脸色发青,一看就知道大限将至。

我放下了手中的汤,给他们搭了把手。我不怕瘟疫,酸臭的病菌斗不过我庞大的身躯。再说,如果这是对我们所有的人审判,我肯定是最后一个才须接受的吧?

我进入每一栋房子,拖出僵冷的尸体。他们大多数都裹在脏污的毯子里,但也有人仍然跪着,一副祈祷的模样。他们双手合十,在推车里撑着,让人看了不寒而栗。

我带着汤来到了我朋友家,希望她的状态还跟上次一样,虚弱但勉强过得去。可她死了。

这时,推车人已精疲力竭,于是我们围着她的桌子坐了下来,喝着汤。

"你们要把尸体送到哪里?"我问。

"去烧掉,"他们说,"没办法,只能烧掉了。要埋的人太多,掘墓人没力气了。只有有钱人才能下葬,我们这种人只能被丢进坑里。"

我把我的朋友扛在肩上,跟着他们往坑边走去。我想让她在去的路上比在推车里更体面些。我们越是走近那座大坑,气味便越是难闻,黑烟从仿若月球表层的深坑里升起。深坑的四周摆着无数台不断倾倒的推车,一旦它们被清空了,可怜的推车人便掉头回到肮脏的大街上。

我一手捂着鼻子,一手牢牢地扶着我的朋友,走上前往坑里望了望。坑非常深,里面呈十字堆放着大木头块,还散落着很多棵整树。在它们之间,到处都是死者的腿、胳膊和头,有时还夹在树枝之间。

"这是地狱的景象。"我说。

在我边上是负责这项事务的男人。

"这儿真是地狱,这活儿就是给地狱小鬼干的。我得让火不断燃烧,才能净化腐烂的尸体。要是火焰熄了,我和我的伙计们就得顺着你看到的那条梯路到那一侧,用风箱吹燃火焰。我们不得不在大坑的中心堆了个小山包用来立足,这样,大坑周围的各个地方我们才能走到,必要时,还得戳一戳离空气太近的尸体。"

"我把我的朋友带来了。"我说。

"那你得把她扔进来。别回头。"

"我会把她带下去。被扔到一边不管,这很不体面。"

他试图劝阻我,说下面非常热,但我还是一步步地走下去,双眼被烟熏得泪水直流。到达下面时,我四处找寻,直到看见一处还没被火焰吞没的平稳的枝杈,看起来还不错。我身体前倾,将她放在上面,又爬了上去。面色阴沉的工人沉默地注视着我,接着转身投入到他们可怕的工作中。

回到家时,约旦正躺在他的床上发着高烧,精神错乱。他几乎无法对我说话,一开口讲的全是些荒野之地和奇怪风俗，还有他不断重复着的"福尔图纳达，福尔图纳达"。

我是个足智多谋的女人，相信自己可以胜任任何人能够做到的任何事情，但我无法找到一个不存在的女人。

我在绝望中跑到狗舍，双手摇晃着它，直到我的邻居探出头，诅咒着一些女人永远不该听到的话。

"你得回报我的善意，"我说，"我儿子要死了。他必须活下去。"

她开始喋喋不休，低语着人应该遵从上帝的意愿这些废话，然后准备回去。我抓住她的腰，将她举过头顶。

"让他好起来，"我尽可能礼貌地说，"否则我可说不准出于母亲的愤怒我会做出什么事来。"

我放下她，走进屋里给约旦洗头，喂橘子给他吃。只要约旦愿意，他本可以封爵，国王想赐予他很多荣誉，为他出海配备各种船只。但约旦没有接受——他说他只想待在河边，看着那些船。大家闻此，都面面相觑，无法理解他，有些人还窃窃私语，说他外出十三年，已经疯了。其他人则说他是心里受了伤。我只是听着，并没有在意他们的话，因为与其保持安静，人们总是更乐意说些什么。

夜里，我的邻居带着一锅恶臭的汁液走进来，把它搁到了炉子上。

"让他喝下,用它洗澡,然后睡在它附近。"说完这些,她就仓皇逃回了她的骨头床上,黑暗中只能听见她的嘎吱声。

我们按照她说的做了,几天后,约旦退烧,恢复健康,能吃下一根排骨了。

"我们应该感谢她。"约旦说,送了她一颗红宝石。她把它放到灯光下眯着眼看,确认货真价实后,心满意足地宣称红宝石对血液有好处,将它吞了下去。约旦和我都非常吃惊,但我们什么都没有说,走进了屋里。

一六六五年,瘟疫结束时,伦敦安静了很多,很多房子可待入住。我很高兴可以去市场上逛逛,再也不用和一群不信神的笨蛋争抢。但我染上了一种奇怪的病,不是身体上的,而是心理上的。无论走到哪里,我总觉得还能闻到那股恶臭味儿。我无法除去鼻孔内死亡的味道。在我的脑海中,伦敦成了一个充满污秽与瘟疫的地方,再也无法变得洁净。

"上帝的报复还没结束,"我对约旦说,"我们堕落了,我们的城市也已堕落。没有任何完整或美好的事物留了下来……"

后来,毫无预兆地,约旦突然宣称他想再次出海,并且已在德特福德准备了一艘轮船。

"你马上就动身吗?"我问,内心充满了恐惧。

"没那么快,但必须要走的时候,我会随时准备好。"

听到这句话,我来到街上,试图从行走中寻求慰藉,但无论我走到哪里,处处都显露出相同的讯息——这种腐败将不会得到净化。我想起了坑里的火,想起了所有的尸体,至少他们的骨灰是洁净的。

"这座城市应该被烧掉。"我低声自言自语,"它应不断燃烧,直到除了凉风,一无所剩。"

"我叫尼古拉斯·约旦。"我说。

我们在她的营火边吃晚饭:烤土豆配豆子,用锡杯喝茶。她不愿多言,我们就背靠背坐着,看向星星。

"河水泛着光。"我说。

"那是化学磷,测试结果确凿无疑。"

"这让我想起了《古舟子咏》①里那黏糊糊的海水。"

她有艘划艇系在树上,我们将它拖出来,开始在怪诞可怕的水面上漂游,橘色的营火在远处闪烁。我想对她表示谢意,谢谢她努力拯救我们,努力拯救我,因为这份感觉是那

---

① 原文为 The Ancient Mariner,应指英国诗人塞缪尔·泰勒·柯勒律治的代表诗作 The Rime of the Ancient Mariner。

么私密，尽管我也说不清为什么。但正当我准备开口时，我的喉咙却被一些拒绝诉诸语言的情感卡住了。凡·高有一幅画我很喜欢，叫《播种者》。一个农民晚上回家，身后是一轮巨大的黄月，土地由调色刀涂抹上厚重的色彩画出，坚实强韧，充满力量。这幅画总能安抚我，因为它让我觉得，在一天结束后，在一段旅程结束后，世界将仍然在那里，坚实强韧，充满力量。棕色的土地，黄色的月亮。

"我们把它烧了吧，"她说，"我们把工厂烧了吧。"

一六六六年，我主之年，那一年的九月二日，普定街一家面包店的院子发生火灾。火焰足有一人高，迅速蔓延到了邻近的房子。一整夜我都在和我的面包师朋友们喝酒，或者确切地说，是他们一直在喝酒。他们很幸运，因为我将他们拖到了一个安全的地方。我没有放火——我怎么会呢，我早已决定过清白的生活——但我没有去灭火。的确，火上浇油的行为很明显是在助长火势，但大火本身是一个信号，象征着我们深重的罪孽终将被烧尽。我总不能阻挡上帝的工作。

我跑回家等待消息。火迅速往西蔓延，一天后，似乎整个伦敦都在燃烧。

"约旦，赶快，"我说，"我们该跟这个时代和这个地方道别了。"

我们收拾好东西离开，前往他的船。我本很乐意带着狗舍和它的女巫舍主一起走，但她不肯来。我们只好用鸡笼给她做了个救生筏，留下她凝望烟雾弥漫的天空。

河面上到处都是人和各自的行李。按照约旦的指示，在他做出最后一些安排时，我负责沿着泰晤士河顺流划下。我一直等到夜幕降临，他仍没有出现。他没有出现。雾气渐浓，除了火光，我什么也看不见。

午夜过后半小时左右，我听见约旦上了船。他脸色苍白，双手颤抖，我以为是他目睹了什么灾难，但他摇头否认。他穿过伦敦场地①时，被雾气重重覆盖，匆忙之中，他摔了一跤，撞着了头。他向前走着，伸出双手探路，突然摸到了另一张脸，

---

① London Fields，伦敦地名。

吓得尖叫了出来。在那一瞬间,雾气散开,他发现那个陌生人就是自己。

"可能我要死了。"他说。接着,当我正要反驳这话时,他又说:"也可能我会活着,像她说的那样,变得更完整。"

"她是谁?"

"福尔图纳达。"

我没有搭腔,他跳开了,解开系在岸边的绳缆。船驶入黑暗,几个小时后,我们已把铅色的火焰和可怕的燃烧声抛在了身后。我们静静地驶向大海,风在我们身后吹拂,风帆舒展。我看见约旦站在船首,显现出轮廓分明的黑色剪影。我想我看见了他身旁站着一个人,一个女人,轻盈而充满力量。我试着呼喊,却发不出声音。接着,她消失了,约旦身旁除了真空,什么都没有。

驾船离开伦敦时,我知道我再也不会回来了。我曾一度感到伤感,但是后来,毫无缘由地,我充满了希望。未来尚

在前方，像一座熠熠闪光的城市，又像海市蜃楼，一旦接近就会消失。在特定的光线下，其间的塔楼和圆顶，甚至是来往人群，都清晰可见。我们带着渴望和爱讲述它。未来。但那座城市不过是幻象。未来、现在和过去只存在于我们心里，从远处观望时，它们彼此之间的界限会变淡、消退，如同从一座飘浮在天空中的城市观望着两个敌对国家的界限。河流从一个国家流入另一个国家，永不停息。即使是最坚固的和最真实的，最珍贵的或最为人知的，都不过是双手映在墙上的阴影。是真空与光点。

图书在版编目（CIP）数据

给樱桃以性别 /（英）珍妮特·温特森著；邹鹏译. -- 北京：北京联合出版公司, 2020.8（2024.10 重印）
ISBN 978-7-5596-4198-4

Ⅰ.①给… Ⅱ.①珍… ②邹… Ⅲ.①长篇小说－英国－现代 Ⅳ.① I561.45

中国版本图书馆 CIP 数据核字 (2020) 第 064354 号

北京市版权局著作权合同登记 图字：01-2020-2429
For the Work entitled SEXING THE CHERRY
Copyright © Jeanette Winterson 1989
Translation copyright © 2020, by Thinkingdom Media Group Ltd

给樱桃以性别

作　　者：[英] 珍妮特·温特森
译　　者：邹　鹏
出 品 人：赵红仕
责任编辑：郑晓斌　徐　樟
特邀编辑：刘丛琪　崔紫微　陈　蒙
营销编辑：杨　茜
封面设计：韩　笑
内文排版：王春雪

北京联合出版公司出版
（北京市西城区德外大街83号楼9层　100088）
新经典发行有限公司发行
电话（010）68423599　　邮箱 editor@readinglife.com
河北鹏润印刷有限公司印刷　新华书店经销
字数 119 千字　850 毫米 ×1168 毫米　1/32　7.5 印张
2020 年 8 月第 1 版　2024 年 10 月第 7 次印刷
ISBN 978-7-5596-4198-4
定价：59.00 元

版权所有，侵权必究
未经许可，不得以任何方式复制或抄袭本书部分或全部内容
本书若有质量问题，请与本公司图书销售中心联系调换。电话：010-68423599